滄海叢刊

一縷新綠

柴扉 著

1987

東大圖書公司印行

© 一縷新綠

作　者　柴　扉
發行人　劉仲文
出版者　東大圖書股份有限公司
總經銷　三民書局股份有限公司
印刷所　東大圖書股份有限公司
地址／臺北市重慶南路一段六十一號二樓
郵撥／○一○七一七五一○號
初　版　中華民國七十六年五月
編　號　E83069
基本定價　肆元陸角柒分
行政院新聞局登記證局版臺業字第○一九七號

序「一縷新綠」

王逢吉

七月下旬，接到散文作家柴扉兄的來信，並附寄即將付梓的大作「一縷新綠」散文集的剪報簿，囑為之撰寫序文。適逢我本年度暑期部授課鐘點特多，課務極其繁忙，天氣又炎熱，稽延至今才拜讀一過，執筆為文，心裏覺得非常歉然。我想作者一定會諒解「非不為也，乃不能也」之過吧！

回憶早年在中部各種文藝座談會上，常常見面寒暄，只覺得他正襟危坐，聚精會神，予人一種恭謹謙和的感受。後來有機緣多次交談，才發覺他恬澹寧靜的涵養功夫。再讀到他的作品，更欽佩他鍥而不捨，潛心讀書，默默寫作的恒毅之力。

他這本大作共分為五輯，五十七篇散文，都是平時讀書即興之作。短小精悍，言之有物，切中肯綮，語重心長。字裏行間，真情脈脈，確實是性情之作。

收在第三輯裏的「親情的懷念」、「回憶少年畢業時」兩篇，情感真摯，宛若一灣潺潺的細流，有自然純朴之趣。從「我的絕版書」中，可看出作者愛書、護書與歷盡艱險之苦心。而讀「烽火親情」與「為兒茹素念親恩」兩文，使人為之動容不已，更可看出作者「孝思不匱」之真誠，躍然紙上。

第一輯裏的文章，似乎是全書的精粹，在「看山讀山」一文中，描寫他的生活環境：「住處的前後，都是青山，荼山青秀，綠竹漪漪，野草迎風，雜花生樹；右邊鳳凰瀑布與麒麟潭，潭水清幽，浪花飛濺，觀瀑垂釣，各從所樂。而且名潭、名瀑和鳳凰、麒麟二山，遙相呼應，名山勝水，相得益彰，極盡自然之美。」

像這樣一個囂繁複雜的工商業社會裏，充滿了機械噪音，廢氣毒液處處污染；而能寄寓山林勝水之間，既享受大自然之美，復有超然物外的心靈之樂。灑脫飄逸，閒靜空靈，這種生命之美的境界，陶靖節先生也祇能形容為：

「此中有真意，欲辯已忘言。」

大美無言，無言之美，在於意會，不在於言傳；不在於實證，而在於參悟！

久居鄉野，徜徉於田園山水之間，教學之餘從事寫作，依然保存着一顆誠樸純潔的心靈和真情，發為文章，乃有收入第五輯的：「我的第一篇作品」，以初戀的故事為題材，娓娓道來，含有「人面桃花」的遺憾，十分清新可愛。至於另一篇「六筆兼用話塗鴉」，可見從事寫作是一條極其艱辛漫長的事業；尤其是要能夠耐得了長期的寂寞。唐代大詩人杜子美懷念李白謂：

「千秋萬世名，寂寞身後事。」

詩人用兩句話道破了世俗間的萬象，也指點出生命的價值。慨然彼此相許相慰要甘於寂寞，善盡歷史的使命。

明儒黃梨洲先生曾經說：

「夫人而不能耐寂寞，真是無所不為矣。」

這簡直是論評古今歷史人物的至理名言，一語道破了文學作家生命的智慧。

（民國七十三年十二月號文訊月刊第十五期）

寄情山水話心聲

——「一縷新綠」自序

柴扉

在學生時代，曾讀過歐陽修的「醉翁亭記」，領會這位歐陽太守，雖然自號醉翁，並不善於飲酒。所謂「醉翁之意不在酒，在乎山水之間也。山水之樂，得之心而寓之酒也。」從這幾句話裏，可看出歐陽公當時的心境：他的遊山動機，不在飲酒享樂，乃在寄情山水；而山水間的樂趣，是在心靈上有所獲得時，才寄託在酒上的。

山居中，我喜歡吟誦李白「獨坐敬亭山」的詩句：「衆鳥高飛盡，孤雲獨去閒。相看兩不厭，只有敬亭山。」每在閒坐看雲時，領略到詩人看山讀山的樂趣。我嗜好飲茶，經常以茶代酒，對屋後名茶產地凍頂山，由於飲茶思源，高山仰止，總有一份樂山崇敬之情。

然而，離鄉背井多年，久住山區，孤陋寡聞，總難免有一份鬱悶與寂寞。教學之餘，忙裏偷閒，只好以讀書閱報為精神寄託。情得於中而形於言，言之不足，便寫作之；於是便把塗鴉作為業餘的工作，塗塗抹抹，聊以自娛。二十年來，已發表有散文、小說共約一百萬字。這本「一縷新綠」是我的第四本散文集，其中五十多篇文章，都是近年來先後發表在報章、雜誌上的作品，雖說是「敝帚自珍」；其實，只不過多獻一次醜罷了。

書中第一輯「散文集粹」，乃對山居景物的描寫，與個人生活情趣的敘述。第二輯「勵志小品」，從修身、齊家到愛鄉、愛國，提出個人的拙見，在自勉亦在勉人。生平對往事舊物，難免有一份依戀，在第三輯「往日情懷」中，緬懷往事，有歡笑、有苦味、更有傷感，算來苦多於樂，是個人生命中苦樂的追憶。第四輯「書香專輯」，乃鑑於現時社會經濟繁榮，一般人大都物質生活富裕，而精神生活每感空虛，拳拳相勉無他意，總在勸人多讀書；而讀書便是澄澈心靈的不二法門。最後一輯「讀書寫作」，乃報導個人買書、讀書與教學、寫作的甘苦，可看出個人筆耕生活的梗概。

因為自己學識淺薄，寫作技巧欠熟練；但書中篇章旨趣，字裏行間，總離不開質朴與真實。友人慣謂我文如其人，藉此可看出個人愚拙的本色。

承蒙名作家王逢吉教授，撥冗賜寫序文，使本書生色不少；唯序文早經發表，出版時，內文篇章稍有數篇更動，在此謹向王教授致謝，並向讀者諸君致歉！多年來，並蒙前輩作家謝冰瑩教授的鼓勵與指導，使我在寫作上獲益良多。平時文友們的鞭策，讀友的鼓勵，與報章、雜誌編輯先生的關愛，以及三民書局劉董事長惠予出版本書，在此一併致謝，並希讀者諸君多加指教！

（初稿發表於中華日報出版界）

一縷新緣　目次

第二輯　勵志小品

第三輯 往日情懷

第四輯　書香專輯

第五輯 讀書寫作

第一輯　散文集粹

第一輯 婧文集林

看山讀山

古話說：「知者樂水，仁者樂山。」由於各人的愛好不同，見仁見知，就憑各人的喜好了。

有朋友這樣問我：「如果山與水，換爲熊掌與魚，二者不可得兼；那麼，你到底喜愛哪一種？」

「我當然愛山。」我毫不考慮地回答他。

「這樣說來，你就是仁者囉？」

「好說，仁者我可不敢當；我只是喜歡山的厚重和沈默罷了。」我似有所回憶地告訴他：

「再說，我從小是在深山裏長大的。」

至於水呢？我並不是沒有那份喜愛；而是長大後，遷居市鎮，瀕臨大河，幾次大水災，弄得我家庭困窘，田園流失；所以對於水，總懷有一份畏懼不安。

離家後，四海遨遊，乘船在海上漂蕩了十多天，看到海的蒼茫和遼濶，白浪滔天，壯觀美麗，想起古人「乘長風破萬里浪」的豪語，又引起我對海的敬仰和嚮往，所以我又喜歡水了。

人，生活在世界上，能傍水就難得依山，能居山就難得臨水，要是與山水都有緣接近，那無異是享受魚與熊掌兼得之樂。不過，我以為古人所謂的山水，不是「五嶽歸來不看山」句中的山，也不是「觀於海者難為水」句中的水；而是歐陽修筆下所謂「醉翁之意不在酒，在乎山水之間也。」的小山小水，或者是名山勝水，而不是那種高峻的大山，和浩蕩的大海了。

照這樣說來，我何幸能寄寓山區，又瀕臨勝水，享受山水兼得之樂；雖然不敢自詡為仁者、智者，但對古人那種「樂山樂水」的情懷，確是十分嚮往。尤其是山的穩重、仁厚，水的明淨、澄鮮，對於陶冶性靈，寄情物外，更是個人所樂於接近的。

教書將近二十年，我沒有副業，更沒有其他的嗜好；只是看看書，塗塗抹抹的，算是我的業餘生活。由於嗜好寫作，不得不使我多買書讀書，我服膺清人張潮「文章是案頭之山水」那句名言，只要是好書就讀，好文章就欣賞剪存。案頭上收藏漸多，不但得到許多實用的益處，而且變成怡情悅性的山水之物。有人說，書有書香，花有花香，我常兼得案頭書香與窗外花香的薰賞，而樂趣無窮。

住處的前後，都是青山，茶山青秀，綠竹漪漪，野草迎風，雜花生樹；右邊有鳳凰瀑布與麒麟潭，潭水清幽，浪花飛濺，觀瀑垂釣，各從所樂。而且名潭、名瀑和鳳凰、麒麟二山，遙相呼應，名山勝水，相得益彰，極盡自然之美。

我常在教學之餘，或工作疲憊之際，登樓望遠，面對羣山，相看不厭，每覺逸趣橫生。又常在清閑的假日，投入大自然的懷抱，接受青山的愛撫，和綠水的蕩滌，洗盡一身俗慮。更常在靈感枯竭之時，讓山水啓廸心扉，賜給我一些靈感；經過多次試驗，這辦法還滿管用哩！

可能你還不大了解山，或者不太懂得水吧！這話也是張潮告訴我們的，——「山水是地上之文章。」不是又有人說，「落花水面皆文章」嗎？山，雖然是沈默的，但它有無聲的語言；水，雖是柔滑的，它却有琮琮的細語。要想參山悟水，需要你去看它、讀它，更要去擁抱它，才能得到許多眞實的益處。

而且，看山讀山，並不是只去遊山玩水，放浪形骸；而是要從山的厚重不遷，和水的柔順通達，得到許多性靈的啓示。

山窮水複，柳暗花明，只能給我們直覺的感受；而「見山不是山，見水不是水」，那才是更高一層的參悟。

「逝者如斯夫，不舍晝夜。」給人對時光流失的感歎；但那是有形的警語。只有山歷盡千古的磨鍊，任憑歲月奔流，風吹雨打，它始終是厚重無語，而屹立不搖的。光只它無言的啓示，就夠我們受用不盡的。

一般說來，我愛山是重於愛水的，也許我久住山區，和它有一份深厚的感情吧！每當我想起宋人辛棄疾「我見青山多嫵媚，料靑山見我應如是」的名句，常作一番自我檢討：我是愛上青山了；但青山對我的印象怎樣呢？

也許我一身的塵俗，還得不到青山的青睞吧！要想達到「料青山見我應如是」的境界，恐怕要再作一番參悟了。

（七十年八月二十四日臺灣新生報）

這條路上

我出生在山區，襁褓中過了幾年安定的生活；小時候跟隨父母逃紅軍、躲土匪；稍長，抗日戰事發生，曾一度離鄉避難；長大後，又因負笈他鄉，在家日少；離家後，跟隨團體行動，處處爲家；所以我年輕時候，沒有在一處能固定居住在五年以上，可說是嘗盡了顛沛流離之苦。

遷來此地鹿谷以後，生活始安定下來，光陰荏苒，一晃已經十有八年。在人生中留下深刻的印象，也將是一段最值得回憶的美好時光。

記得初搬來時，我住在鹿谷街上，當時人車稀少，我可以騎着單車上班或在附近街巷打轉，無虞交通事故。無事時漫步在街頭巷尾，行動也非常悠閒。當時一般人民生活仍甚清苦，行走在這條路面雖有柏油、但仍狹窄的路上，兩旁新式建築物很少，屋頂難見一根電視天線，早晚炊煙四起，雖無茅舍仍可見竹籬，晨曦初放時白鷺羣飛，夕陽西下時倦鳥歸巢，青山翠竹，鳥語花香，人民日出而作，日入而息，一片純樸的鄉村景象。

後來，我遷來半山上的學校宿舍，單車無用武之地，上下山乃用步行。每天早晚漫步在附近山區，假日並向東延伸，或循原路下山散步，十多年來形成個人固定的生活方式。起先，我可以嚮往古人的芒鞋竹杖，行動甚爲悠閒；後來，來往車輛日漸增多，又因爲緊接在宿舍的後面，正是通往鳳凰谷風景區的馬路，每逢假日或黃昏時刻，車輛絡繹於途，車光逼射，穿越馬路尙感困難，何能悠閒漫步？

數年前，由於鳳凰谷鳥園的興建，該線聯外道路改道，由宿舍的後面改往屋前；於是一部部的開山機挾着「怪手」開來，使得屋前的茂密樹林，一時如摧枯拉朽，山腰間土崩地裂；不多久，一條雙線行車的高級柏油路面，便於焉鑿成。屋前車聲隆隆，整日不絕，而屋後又變成我飯後漫步的清幽地帶。夜間兩旁的水銀路燈，照耀得如同白晝，雖身在山區，亦如履平地。

十多年來，由於社會繁榮進步，又因爲本地出產的凍頂烏龍茶暢銷，人民生活水準顯著提高，——電視機、電冰箱家家不缺，生活全部電器化，摩托車成爲普通交通工具，高樓大廈如雨後春筍般矗立，茶廠、茶行，沿途可見。某些茶產豐盛地區，不但茶廠林立，一路茶香；而且住屋華美，數家卽有一部轎車。每逢假日我循路邊漫步乘興登臨麒麟山上，遠眺溪頭、鳳凰谷等處，只見羣山蒼翠，白雲繚繞，一片秀麗山景；平看凍頂山區、俯視永隆、鳳凰等村里，滿山遍野茶園靑翠，紅瓦白牆，車輛來往不絕，一片昇平景象；尤其是麒麟潭潭水清幽，山林間鳥聲悅耳，附近平疇綠野，鄉村現代化；與十八年前漫步所見，進步成另一個世界，爲人間難得的仙境。

平常鹿谷街頭，爲通往溪頭、杉林溪與鳳凰鳥園的輻輳點，車輛本來甚多，個人漫步時，只好儘量靠邊走，以便一面尋思腹稿，一面觀賞山色。但每逢凍頂茶茶賽日期，全省茶商駕車羣集標購，一時轂擊肩摩，交通爲之阻塞。以前只見大小車輛在路邊停排長龍；最近一次，竟然使得鹿谷附近兩個村里大小巷道、內外馬路亦爲之停滿，大小車輛在一千部以上；使得班車難駛，行人水洩不通，車輛甚至排至我平日散步下鹿谷的山區馬路。我只得從水洩車縫中，前往參觀茶賽，盛況可想而知。

在鹿谷街頭一棵古樹上，原棲息有一大羣白鷺鷥，早晚翺翔天空，或散落在田間覓食，平添「枯藤、老樹、昏鴉」的山村景象；但由於年久污染環境，不受村民歡迎，被迫遷居對面樹林；後來又因爲附近興建屋舍，且車聲驚擾，只好又另遷他處，從此不見踪影。有時猶見三兩隻飛過，觸目似曾相識，——落花人獨立，微雨鷺雙飛，使人別有感慨。

本來，社會繁榮富裕，交通旅遊發達，爲社會進步的可喜現象，吾人亦樂觀其成，同享經建成果。但由於開山闢路，廣拓茶園，使原本秀麗的山色，景觀爲之變易。此地原本滿山翠竹，與茂密樹林，凍頂茶園尙少。漫步山陬，可享受樹濤鳥語，竹韻山青的閒逸情趣。我可以沿途停息觀賞，找一條樹林陰翳的窄徑，或田間小路，或山丘樹叢，享受短時的淸靜。或閉目尋思，或靜聽鳥語，或翹首雲天，或坐觀山色，閒適自在，無人打擾，而興盡歸來。曾幾何時，一些竹木林地及小徑山丘，漸被闢成茶園，或拓寬成爲馬路，或沿途建起屋舍，使得鳥羣遠飛，景觀遜色。而道路的拓建，車輛的增多，使我散步時，不但沿途無適當可資駐足之點，且必須小心翼翼，儘量靠邊；至於噪音的震耳，空氣的汚染，尤其有礙衞生。從前遠望風翻竹葉，靜聽鳥語蟬鳴，與坐看雲起時的閒情雅趣，已大大爲之減少。

不過，細想起來：此種環境之變遷，乃社會進步中之必然現象；只要大家生活改善，個人散步的閒情，雖稍受影響，又何足掛齒？所以，我仍是早晚漫步山陬，迎送晨曦與落日，除欣賞山光水色以外，並透視進步中社會的另一層面。

（七十四年五月一日青溪雜誌第二五一期）

一縷新綠

在各種色彩當中，一般人大都喜愛綠色。有人說，綠是新生的代表，是青春的象徵。有了綠意，更顯出朝氣；發現綠洲，便有了希望。常看綠色，在心理上不但有清爽、寧靜的感覺，而且對眼睛有舒緩和保護的功用。

古今以來，一般詩人和學者之所以性喜自然，大都由於對綠色的偏愛。

——「苔痕上階綠，草色入簾青。」有了一片綠意，不但看不出住屋的簡陋，更顯出房舍造意的清高。

——「讀書之樂樂何如，綠滿窗前草不除。」窗前有綠草盈門，目遇之而成色，更可以增加讀書的情趣。

——王安石為了「春風又綠江南岸」那個「綠」字，更改十餘次才定稿，更可看出綠色在文學中的妙用。

我寄寓山區，前後都是竹林和牧草，本來已經綠滿柴扉，一片葱蘢綠蔭；但我對綠色的觀賞，仍意猶未足。所以在我的辦公桌上，常年放置一瓶萬年青，作爲案頭上的淸供。

這瓶萬年青，本來是剪枝拿來瓶養，多年來，倒還青葱翠綠，生機旺盛；但由於學校調整辦公室，變動幾次環境，且下班後密不通風，慢慢地便趨於枯萎了。

這枝瓶插原本是藉它調養心神，鼓舞朝氣的；現在却帶給我心神的不安。

有人說，植物的本性，在根植不移，要從固本上着手，不可經常搖動侵犯它；同時水裏要添加養料，以便它有足夠的營養。比方說：在瓶裏放根鐵釘下去，水裏有了鐵質的成份，可以代替施肥，便不會再枯黃凋謝，而可以漸顯生機。

可是，這辦法試過兩次，仍不見靈效。這瓶萬年青，漸漸由瘦小而枯萎，最先還有些綠意，慢慢地外皮枯死，一層層蛻去，只剩中間一縷綠芽。

由於那一縷新綠，好像是新生的代表，看來還有一線生機；於是我剝過幾次它的枝葉，調節氣溫和陽光，仍然收效不大；如再不加以設法，恐怕會終至全部枯凋了。

這瓶瓶插，既然不見興旺，只好轉移環境改換爲盆栽了；於是我把它帶回家中，附栽在一盆玫瑰花的盆景上。花盆較大，且泥土肥沃，讓它接受陽光和雨露的滋潤，發揮它自然生長的本性。起先我還不大注意，過了些時，只見枝葉舒展，漸顯生機，由枯黃而翠綠，由瘦小而頎長。現在，那原來的一縷新綠，已經變成密茂扶疏。不但本身綠意盎然，而且又另生枝葉，繁衍延伸，與新開的玫瑰花互相映襯，紅花綠葉，相得益彰，看來美麗動人極了。

（七十一年三月三十日中央日報）

霧裏山居

凡是在霧裏常久待過的人，對霧大都有一種迷濛、沉悶、匆遽和神秘的感覺。正如唐人白居易在「花非花」一詞中所描寫的：

「花非花，霧非霧，夜半來，天明去；來如春夢不多時，去似朝雲無覓處。」霧就是這樣地神秘、飄忽、隱約、模糊，使你撲朔迷離、神思恍惚，帶有幾分無奈的感覺。

它常穿戶入牖，不請自來，變幻莫測，來去無蹤。有時久待不去，山林都在它的魔掌籠罩之下，瀰漫四野；有時又如過眼雲煙，虛無縹緲，使人難以捉摸；但是，只要有陽光出現，它便已高飛遠颺，不知所止，究竟是陽光驅散了雲霧，還是雲霧讓陽光照臨？自然界的變化，本來就是這樣地莫測高深。我想；黑暗的日子，總是不會太長；有陽光，就有光明和溫暖呀！

我原久住平地，對於霧的體驗不深，眼眺遠處的霧裏山林，常有一種「雲深不知處」的神秘感。直到舉家遷來山區，才體驗到陰雨晦明的氣象變化，和暑往寒來的季節變遷，而對於冬季的霧裏山居，十多年來，更有深刻的感受。

此地地名鹿谷，東倚海拔一千六百餘公尺的鳳凰山，和溪頭風景區相距不遠，山明水秀，鳥語茶香，爲一以產凍頂茶聞名，最近也養鹿的谷地。

鹿谷的霧，可分爲濃霧、薄霧和輕霧三種。在濃霧的天氣，大都是連天陰雨，空氣滯留，整個山區無論早晚都被濃霧所籠罩，通常在十公尺左右，難辨人物。這種沉悶的天氣，一連幾天下來，由於濃霧瀰漫，濕氣太重，一般住戶門窗都不敢隨意開放。這時候室內氣溫較高，水蒸氣蒸發，空氣無法對流；而室外則寒風凜冽，室內室外氣溫相差甚鉅；所以一般新式建築的房屋，天花板和門窗玻璃上，早上起來一看，都附著一層濃密的水點，更有像豆大的水珠，附在房上最高的內層，等到凝固不住時，便滴落在地上。有兩年的冬季，山區連天被雲霧所籠罩，門窗幾天不敢開，室內就有這種霧凝水滴的情形。

有一首流行歌——我睡在雲霧裏，雲霧在我的周圍飛……歌詞倒很寫意；可是霧中的情景，往往當局者迷，但從遠處另一個角度看，並不是想像中那種美。這裏雖然沒有深壑幽谷，高峯峻嶺，但是行雲飛霧，風偃山林，倒別有一番風味。宋代大文豪蘇東坡遊廬山時，曾作「題西林壁」詩：「橫看成嶺側成峯，遠近高低各不同。不識廬山眞面目，只緣身在此山中。」可說是此情此景的寫照。有時候我遠望對面的山峯，爲雲霧所掩蓋，猜想該地的人們一定過着陰沉潮濕的生活；但是等到變換位置以後在公路上再回看自己的住所，一樣是「只在此山中，雲深不知處。」回想在家生活的情景，眞正是睡在雲霧中了。

所謂薄霧，乃是氣候將起變化時才有。這種霧變幻莫測，忽來忽去，飄飛不定，好像妙齡的少女，情緒奈人捉摸。有時早晨太陽升起，朝曦乍放，氣候溫和；忽然由峽口吹來一陣陣的霧氣，給局部山區戴上一層面紗，山林村落，隱約深沉，頗有幾分神秘氣氛。薄霧當然較之濃霧爲淡，來得也較快，一陣過去之後，又來一陣；時而天晴，時而陰暗，一個上午天氣要變化很多次。這種天氣在家曝晒衣物，關閉門窗，非常麻煩；所以每當天氣變化時，對於霧的侵襲，必須格外小心，不然濕霧吹進室內，對衣物保存影響很大。

最後談到輕霧，可說是朝嵐與暮靄所形成。往往在早晨天明後，整個山區均爲霧氣所籠罩，人物莫辨，大約一小時後，曙光乍現，不難撥雲霧而見青天。這時候大地初醒，朝氣蓬勃，喜歡早起的人，做做戶外運動非常恰當。這種輕霧大都在久雨之後才有，平時殊不多見。至於晚上的霧氣，大抵爲天氣將要變化前的徵兆，由山外峽口處慢慢形成。我在晚餐後要想開閉門窗，只要看看山下村落的燈火，就可判斷氣候。如果是華燈初上，燈火輝煌，就可以放心開門；否則室外一片迷濛，不見燈光，還是趕快關門爲妙，第二天也絕對沒有好天氣了。

這三種霧的來臨，以濃霧最爲惱人。這時候四野蒼茫，空氣沉悶，頗使人有窒息之感。局促一室之內，欲出不得，只好在室內踱來踱去，以看書或聽音樂來打發時間；而窗外的汽車喇叭聲，此起彼落，大家都提高警覺，減速慢行，以防車禍。

薄霧有如輕紗微掩，使人有迷濛，虛幻的感覺。你如果是一位詩人或作家，置身其境，可以捕捉許多靈感。你如果喜歡攝影或繪畫，眼看大風起兮雲飛颺，更可以獵取許多美好的鏡頭和題材。詩聖杜甫曾描寫過：「天上浮雲如白衣，斯須變幻爲蒼狗。」眼看氣象變幻神奇，心情亦隨之飄浮駘蕩。

至於那種輕霧，在早晨的爲時甚短，最爲我所喜愛；尤其是早晨空氣清新，精神抖擻，站在高岡上，居高臨下，俯視大地，一片初醒的朝景，再翹着雲天，等待晨曦的乍放，使人有心曠神怡之感。有時在暮靄中踽踽獨行，或蹲在樹旁清靜片刻，可以解除一天的疲勞，清新一下頭腦。這裏沒有塵世的喧囂，沒有白天的雜鬧，山區的薄暮靜靜的，四週只是白茫茫的一片，雲霧在周圍繚繞，可說是偸得浮生片刻閒了。

鹿谷的霧天並不是經年如此，只在每年冬季才有；而冬季當中，也並非天天如此，還是有晴天。這種霧氣對於氣候的調節，和農作的種植，非常有益。此地冬天不太寒冷，而夏天却很涼爽，很適宜人們定居和農作物的栽培。俗話說靠山吃山，鹿谷鄉的凍頂茶、冬筍和孟宗竹，爲聞名遐邇的特產，可說是得天獨厚，爲經年多霧的恩賜。此地民風淳樸，人人安居樂業，物阜民康；且地形適宜，交通方便，雖無崇山峻嶺，但有茂林修竹。古語說，竹裏居人原不俗，茶山青翠，綠竹漪漪，的確很適宜人們定居的。

（七十四年一月五日成功時報）

溪頭秀色

溪頭，這遊人嚮往的地方，由於她的清幽寧靜，景色宜人，經年吸引不少的遊客；較之其他旅遊地區，別具一番勝景。

久住都市的人，置身青山綠水之間，遠隔紅塵，徜徉在大自然的懷抱，可消除都市的緊張氣氛。長年工作忙碌的人，偷得浮生一日閑，到此一遊，漫步杉林蔭道，欣賞森林的綠意，可消除工作的疲勞。至於青年男女，無論在婚前旅遊，或是婚後來此度蜜月，惠而好我，攜手同行，耳聞枝頭鳥語，或哼幾句民間小調，面對青山翠谷，更增加不少的羅曼蒂克氣氛；所以到過溪頭的人，除飽覽山光水色以外，光是帶回那一兜的清幽翠綠，就抵得不虛此行。

我寓居溪頭附近，更是此地的常客，過去大都在白天遊賞，從沒有在溪頭過夜的。此次因爲團體活動，有機會與溪頭的暮靄與晨曦親近，更飽覽了此間早晚的自然景色。山區多霧，每在黃昏或清晨，溪頭多被雲霧所籠罩。暮色蒼茫，晨曦難見，山影幢幢，虛無縹緲，森林間常披着一襲朦朧的外衣，使人難窺到她的眞面目，倍增神秘的色彩。

這次正當宿雨初晴，天高氣爽，我們趁在午後來遊，會議完畢後，已接近傍晚時分；夕陽的餘暉，灑滿在竹林杉木枝頭，翠綠中略顯金黃，倦鳥歸巢，遊人增興。山靜矗在頂端，水奔瀉在崖下，暮靄繽紛，華燈初上，溪頭的夜眞是美麗極了。

我捨不得這難見的景色，順着燈光的射線，站在旅社的高樓，獨自欣賞這明暗的夜景。一彎下弦月隱襯在雲彩與繁星之間，天上人間，景色各異，欣賞良久，俗慮頓消。

由前一晚的滿天星斗，我知道明天又是個大晴天，黎明之前，卽起身盥洗完畢，一個人跑到旅社的頂層，迎接溪頭的曙色。這時候，太陽正從鳳凰山頭冉冉升起，金光乍射，大地初醒，薄霧輕揚，秋風送爽，山區略有寒意。轉身向西眺望，遙睹濁水溪平原，川原無際，使人想起古人的詞句：「昨夜西風凋碧樹，獨上高樓，望盡天涯路。」王國維所謂人生三境界，我已領略其中之一了。

下樓後，與同仁作晨間漫遊，小步竹林幽徑，早起的鳥兒，叫得分外好聽，清風徐來，迎得一身涼爽。

登山攬勝，是大家活動的高潮，上神木那條竹林蔭道，爲遊客最賞心的旅程。連天宿雨過後，流水奔瀉有聲，頗富詩意。初升的朝陽，自林梢射入，清風輕拂，使得竹影婆娑，形成活動的圖案。行不數百公尺，見一大石，題有「風雨中的寧靜」數字，審視良久，細思涵義，心中良深感慨。

竹林下新建有「竹廬」一幢，建材係就地取用，頗富山居幽雅情調——「結廬在人境，而無車馬喧。」確是人間仙境。有些青年學生，在竹林中看書、寫生，播放音樂，可謂深得讀書與休閒的雙重情趣。

到溪頭如不去觀賞神木，與遊覽大學池，等於白來一趟。近年來，此地又新增有青年育樂中心，除大學池的竹質拱橋外，又興建有兩座吊橋，更增加遊樂的情趣。

神木之可貴處，在腐朽中顯現生機——枯樹上再生枝葉——到此遊賞的人，都要進入樹身空洞中，仰視雲天，一窺大自然的妙趣。循山路而下，進入大學池，又是一番勝景：只見竹橋拱立，潭影悠悠，四周青山滿目，形成一片綠野；白雲飛鳥，倒影池中，俯視游魚，清泉小躍，天空水面，相映成趣。遊客或靜賞雲山，或携手漫遊，一批又一批地來去，無不盡興而返。

遊覽青年活動中心，跟年輕人在一起，大家也跟着年輕起來。這裏常有青年學生在此聚會，歌聲笑語，朝氣蓬勃，象徵這一代年輕人的幸福與快樂。此處的林間木屋與石板小徑，也是就地取材，顯示出此間建築物的特色；尤其是這裏氣候宜人，爲人間難得的佳境。

溪頭，這遊人留戀的地方，滿山的青蔥林木，新鮮的空氣，幽雅的環境，和悠閒的情調，常使遊人流連忘返，憶念懷思。

（七十一年十二月二十七日崇光週報）

盧山之旅

「不識廬山眞面目，只緣身在此山中。」由於宋代文學大家蘇東坡的名句，道盡廬山景色朦朧之美，使後人對廬山的勝景更爲嚮往。一般到此遊山的旅客，置身雲霧之中，遠近環視，橫看成嶺，側看成峯，難免帶有幾分神秘感；而「廬山眞面目」一詞，便成爲後人習用的詞句。

然而，回憶少年時代的我，因戰亂頻仍，家鄉陷匪，爲生活所迫，不得已淪爲布販。身揹着幾匹土白布，在「楓葉荻花秋瑟瑟」的季節裏，躑躅在潯陽江頭，沿街兜售叫賣；也曾在南潯車站，面向西南方向，悠然望見南山。雖然不在此山之中，但因距離遙遠，雲霧飄游，也是見山不識山，難以看出廬山眞面目。且因生活困頓，衣食難週，同是天涯淪落人，更無靖節老人「採菊東籬下」的恬適心境了。

這次，隨着學校的員工自強活動，得以暢遊廬山；雖然人在車行之中，尙能見山識山，見水賞水，廬山眞面目，雖在微雨中山行，仍能一覽無遺，一償昔時夙願。然而，此廬山者，乃南投縣仁愛鄉廬山溫泉所在，國人以其山色秀麗，氣候涼爽，且以溫泉著稱；乃與大陸江西廬山，以峯嶺秀拔朦朧，爲避暑勝地相媲美，故仍以廬山名之，隱含有懷念故國河山之意；然而一般人不察，或寫「蘆山」，或作「盧山」，均屬錯誤。

遊覽車將抵霧社，道經「霧社山胞起義殉難紀念碑」，同仁等推請一位山地籍老師講述當年霧社山胞起義抗日義舉。大家對當年山胞莫那魯道父子等，不堪異族的摧殘，不爲日軍暴力所屈，忠肝義膽，碧血英風，肅然起敬。

由霧社進去，車程約九公里，可達廬山溫泉。該風景區位於濁水溪上游之支流溪谷中，有清澈高溫的優良泉水，峯巒秀麗，花木扶疏。車子在山區中蜿蜒馳行，峯廻路轉，一路青山翠谷，觸眼盡綠，山嵐澗水，相映成趣。在夏初微雨中山行，不但氣候涼爽，而空氣更清新潔淨。峯巒經雨水清洗，偶有陽光映照，更覺嫵媚可愛。

一路觀賞山景，只覺時間一晃，即抵廬山。下車後，舉目四望，只見溫泉區景色與過去迥異。回憶十年前初遊此地，行走在吊橋之上搖搖欲墜，使人提心吊膽；現已重新修建，較前穩固安全。吊橋彼岸興建有許多新式屋舍、商店、旅社，有現代化的大飯店、溫泉游泳池、蜜月別墅、卡拉OK等等，雖在深山高壑之中，仍有都市風光。除旅社、別館供遊客住宿外，商店大都出售山地特產。總之：廬山以山色清新秀麗，澗水奔流有致，而尤以溫泉最吸引遊客。據說洗溫泉浴可治皮膚病、關節炎等，飲用可治胃疾；至於水溫煮蛋可熟，更別有情趣。

我們一行被安置在青溪別館住宿，由吊橋下去尚有一段山路，同仁等撐傘在微雨中慢行，邊談邊賞山景。只聞耳邊流水淙淙，別無市塵嘈雜之聲，溝畔輕煙蒸發，似霧似氣，縹緲上升，山隱藏在薄霧中，路燈已開始照明，看樣子天色已近薄暮了。我忽然想起「青溪流過碧山頭，隔斷紅塵三十里」的詩句，與此時此地景色，頗相切合。

初抵旅社時，尚有淅瀝雨聲，飯後仍細雨濛濛，山區頗有寒意。在套房內洗溫泉時，只聞外面風狂雨驟，山雨呼號，心想晚上恐無法出外逛山了。迨浴罷開窗外視，在路燈照射下，仍是絲絲細雨，別無風聲；細聽之，始知爲澗水奔流聲響。

由於一天的旅遊疲倦，本想早點休息，何況雨中不便外出；但一躺下，又聞窗外風吹雨打，似較前爲甚，再開窗探視，只見樹影幢幢，山區靜謐，無風無雨，仍是水聲的錯覺。躺在床上，一些古詞古句，紛紛映現腦中。——「簾外雨潺潺，春意闌珊。」；「夜來風雨聲，花落知多少。」；甚至有「枕前淚共階前雨，隔個窗兒滴到明。」想來想去，盡是一些感傷的詞句，使人情緒無法平靜。

妻因旅遊身體疲累，不想起床；於是我一人撐傘外出，遊賞山區夜景。沿溪上行，只見澗水奔騰，不捨晝夜，再不是幻象中的呼呼雨聲了。但在路燈映照下，雨絲更見分明，溝內時有霧氣冒出。再往上遠視，只見吊橋附近各旅社之成串金色燈飾，甚爲耀眼壯觀，好像一位山區巨人，在夜色中滿掛金色項鍊，閃閃發光，金碧輝煌，滿身富貴氣。還有一些茶藝館、卡拉OK等市招，忽明忽滅，交相點綴，吊橋高懸，夜有行人，似險而平穩。再向右上方遠視，只見一處濃煙高冒，直衝天際，既不像失火，更不是燒山，夜來何有如此大之煙霧，噴射不停，形成特殊山景。

由於好奇心的驅使，也想逛逛夜景，於是在微暗中沿溝摸索前進，到達吊橋時雨勢忽大，只好躲在橋頭閒逛，夜未央而山靜靜的，燈飾在雨中閃爍，濃煙仍然直冒，遇雨不熄。山區之夜，到底不同於都市的市聲嘈雜與燈紅酒綠之娛；所以喜愛遊山夜宿的旅客，到此經年不絕。

在「風雨中」朦朧入睡，一宿無話。次晨天明時為鳥聲所驚醒，心想今天一定是個大晴天了。開窗外望，只見天色微明，雨絲已止，雲開氣爽，天氣放晴無疑。我和妻趕緊起床，盥洗完畢，卽趁早遊山。沿溪上行，昨夜朦朧景色，一一呈現眼前。青山矗立，綠樹葱蘢，鳥聲盈耳，流水潺潺，山嵐與霧氣齊飛，澗水共長天一色，摸摸山邊噴氣所在，觸手皆熱，詢之商店老闆，始知上面之濃煙，卽為溫泉區之地熱氣。於是一面觀山，一面直趨上端之地熱井。此井為工業技術研究所所開鑿，於民國六十七年七月完成，深度直達地層五百零一公尺，井底溫度高達攝氏一百七十三度，日夜冒氣，風雨不停，形成廬山風景區的特殊景觀。

此種地熱氣，據標示可利用作發電、冷暖氣、農工業乾燥、溫室栽培及養殖、觀光、醫療及沐浴等多方面用途。附近某旅社前面有純供觀賞之溫泉，註明源自地下，溫度及深度與地熱井相同。眼見熱氣蒸騰，氣泡直冒，觸手滾燙，果然溫度不凡。

由地熱井至溫泉源頭，尚有一段路程，一般遊客大都前往探源與煮蛋。我兩次均半途而廢：十年前偕妻兒前往，因該處道路狹窄泥濘，行走驚險而折返；這次因時間不許，走到半路即回，且路面仍未見改善。我想管理單位是否有意讓遊客攀崖涉險，以增加遊山情趣；還是限於財源無法整修所致。如能將該段至溫泉源路面，稍加拓寬，並裝置護欄，以增加山路安全，我想遊客們更有福了。

（七十五年六月十二日大衆報）

意外的來信

我喜歡交朋友，經常外地友人的來信，平常只要一看信封上的筆跡和地址，就知道是誰寄來的信件。有時候，也有事先猜不出的，大都是久別的友人遷居後，或是多年前教過學生的來信；再不然就是一般未謀面的朋友，和我討論問題的。至於報章、雜誌、文藝團體，和出版社寄來的信件，只要一看封面，即可一目了然，並不感到意外。

有一次，我接到一家報社轉來的信件，有位讀者把我這個筆名「柴扉」二字，沒頭沒腦地調侃一番，竟然把我當做小姐看待；信件既無地址，又未署名，弄得我丈二金剛摸不着頭腦，到底「誰扣柴扉」？現在仍然是個謎。

前些時，我又接到一封意外的信件，初看信面上那生疏的字跡和地址，使我煞費周章。拆開一看，更把我搞糊塗了。信內大意是說：「舍下遭遇困難，承蒙捐款救濟，全家人均甚爲感戴，恩情難忘，謹此致謝。」

這更奇怪了，我什麼時候有捐過款救濟人家呢？

說來並不是我這個人心腸太硬，不會樂善好施，實在因爲自己手頭上也不寬裕，心有餘而力不足。每個月的薪水，維持一家四口的生活，有時還要捉襟見肘，自己既無副業，只好省吃儉用勉可維持。眼見人家都建起高樓，我還是住的公家宿舍，毫無一點積蓄，說來已夠寒酸的了。

最近因爲買了一棟房子，房款還差一大截，東挪西借，再向農會貸款勉強湊數；每月薪水袋一上手，除了繳分期付款和還會錢以外，已經所剩無幾，何來餘款去救濟人家？

想來想去，越想越不着邊際。記得數年前，看到報紙上報導：有位家庭父母雙亡，孩子無人照管，家中無以爲炊，讀後使人心生憐憫。那天，剛好領到薪水，只好在家用預算之內，節省兩百元寄去，那是好多年以前的事了；難道他們還會再寫信來？

下班後，準備回家問妻，看她有沒有行這件善事；再想問問兩個孩子，看他們有沒有把零用錢節省寄給人家？

我這樣想只是假設而已；其實孩子們零用錢有限，有時候，他們想買瓶飲料，還要考慮很久；只好留待下課後，買個麵包充饑，他們也夠節省的了。

而內人呢？平常更是省吃儉用，除了一套較好的外出服以外，總捨不得買件像樣的衣料；至於購買化粧品和一般女性的高級享受，那更不用談了。

她的一雙皮鞋，穿了很久，已經不能再穿了。兩月前特從家庭預算中，抽出數百元，請她去買雙新的，以便外出穿用；可是她還是捨不得，挪用給孩子們買兩條短褲了，而自己還是穿舊鞋外出，看來頗不雅觀。

上月發薪水後，我決定要她去買雙新皮鞋，她滿口答應，決定下禮拜就去市面選購；可是遲遲仍未見新皮鞋買回。我想：大概是因事耽擱了。

回家後，我把這件「無頭公案」告訴內人，問她有沒有捐款救濟人家？

她低着頭含笑而不答。

「那麼，是妳寄去的囉？」我問內人。

「那天，我看到報紙上報導：那個家庭父病母亡，孩子無人看管，而且經濟困難，實在可憐。」她忍不住歎口氣說：「所以，我便邀約鄰居，每家湊幾百元寄去，誰知道他還寫信來道謝了；其實，那只是一點心意而已。」

「那麼，爲什麼不寫自己的名字呢？」我又問她。

「你是戶長，」她含笑表示：「再說，爲善不欲人知嘛！」

「好一個爲善不欲人知！」我暗想：「她做了好事，不讓人家知道；我呢？沒有行善，竟然有人寫信來道謝了！」一時頗覺赧然。

「助人爲快樂之本，」我安慰妻說：「我們手頭雖說不怎麼寬裕；但生活還算過得去，何況是救了人家的急，他們心下是感激不盡的。」

「施比受更有福。」我又安慰妻說：「妳的做法是值得的！」

（七十年六月二十九日中華日報）

蟬鳴的聯想

每到盛夏季節，大家都感到暑熱難耐，恨不能躲入冰冷的世界；而樹上的蟬兒，却越熱越叫得起勁，好像牠是炎熱的尅星，在夏天，只有牠能逞強稱霸似的。

當然，季節的遞嬗，乃自然界的規律，大地上的「聲樂家」，也隨着季節的變遷而輪番獻藝。清人張潮說，春聽鳥聲，夏聽蟬聲，秋聽蟲聲，冬聽雪聲，……人能適時欣賞到自然界的各種天籟，方不致虛度一生。

不過，對我來說，春天裏鳥鳴嚶嚶，秋天裏蟲聲唧唧，就像春天的繁花和秋天的明月一樣，使我視作等閒；唯有夏天的蟬鳴，聲聲入耳，使我感觸良多。因爲鳥聲清脆悅耳，蟲聲悽切低迷，好像是一種自然的聲籟；而蟬聲猛烈高亢，情難自已，從牠們的鳴聲聽來，好像要將他們生命中的光和熱，在短暫間盡情散發奔放，做一番轟轟烈烈地犧牲和奉獻似的。

據說，蟬的生命短促，有的只能活兩三天，至多也只能活四五個星期，平均的壽命都在十天左右；而牠從樹上產卵，埋入地中孵化，從幼蟲到成蟲，大約要經過四五年到十年的歲月，方能展翅高棲，悲鳴迎夏。

你想，以牠們那樣長的孵育時間，而壽命却又那樣地短暫，眞是如曇花一現，在刹那間化作虛無。所謂「蟪蛄不知春秋」、「夏蟲不可以語冰」，正是蟬類生命的寫照。

不獨此也，蟬類好不容易成蟲鳴叫，高居樹上；但牠們的四週，却隱藏着不少的危機。如委身曲附、虎視眈眈的螳螂，時常想捕捉牠以快口腹之慾。狂風暴雨，火傘似的太陽，牠都得設法適應和躱避。如果遇着一些頑童，以工具或黏物來誘捕，更使牠們隨時有性命之虞。作爲一個成蟬，眞是危機四伏，險象環生，牠們自奉菲薄，安份守己，却時時有安全顧慮，終其一生，日子眞不是好過的啊。

蟬類因爲「憂患意識」深厚，自知存日不多，所以在牠們有生的日子裏，無論清晨、傍晚或炎熱的正午，他們都鼓腹高鳴，盡情嘶叫，聲噪四野，此起彼落，使出渾身解數，唱出牠們的生命之歌。看牠們堅強奮鬥，不向自然界屈服，不向惡勢力低頭，不由得使人敬服。他們猛烈悲壯的叫聲，使得鳥兒的鳴聲被牠壓抑，蟲兒的叫聲爲之低滯。天熱牠們不怕，困阨牠們不懼，那種自鳴得意的勁兒，誰說牠們不能在夏天稱霸呢？

反觀人的一生，亦不過數十寒暑，在宇宙間時間之流裏，與蟬類的壽命相較，亦不過「以五十步笑百步」之差。人類自詡爲「萬物之靈」，有舒適的環境，美滿的人生。——享受造物者的豐厚賜予，有國家的維護，父母的撫養，師長的教育，和人類的彼此關愛，這種深恩厚德，是一生也報答不完。但有多少人抱有「民胞物與」的胸懷，好好地做一個「大地之子」，發揮人類的愛心，善盡個人的本分。生活在此時此地的人們，豐衣足食，生活優裕，社會安定，民主自由，更有多少人知道處此國難當頭，內憂外患，紛至沓來，他們處心積慮，妄想使我們不能久享經濟繁榮的成果，有危機而不自知呢？

如果我們「不恥下問」，向蟬類學習，天生我材必有用，發揮各人的特長，有一分光，發一分熱，像蟬類一樣地奮鬥一生。不爲非作歹，不施暴搶刼，不貪污枉法，不爾詐我虞，終其一生，善盡國民一分子的責任，爲國家社會多做些有益之事，爲人類多謀些福祉。上焉者，「計利當計天下利，求名當求萬世名」；至於普通衆人，也應做一個敬業樂羣的國民，爲國家社會貢獻出一己的心力，豈不比渾渾噩噩，虛度一生，來得有意義得多嗎？

（七十三年七月十三日成功時報）

散步的情趣

中年人最適宜的運動，便是散步；這對於長年缺少運動的我，的確是一個很好的衞生方法。基於這一認識，我把散步當成生活中的一部分，而且養成習慣；如果因爲天雨不能外出，整天待在家裏，身體怪覺難受。

散步的時光，以清晨最爲寶貴，因爲人們前一天的身心勞累，經過一夜的睡眠，已經消除恢復。第二天起個大早，出外吸收新鮮的空氣，活動一下筋骨，使得全身舒暢；這種身心上的享受，不是常睡懶覺的人，所可體會得到的。

散步的地點，以山區最爲適宜。山區本來就很寂靜，沒有都市的喧囂，而且人煙稀少，車輛不多。翠竹青松，繁花綠水，構成大自然的美妙景色。白天各人都有本身的工作，雖然勝景當前，難得靜下心來欣賞，而且氣溫難免熱燥；惟有清晨早起，氣候涼爽，空氣新鮮，一個人漫步山區，享受這片刻的寧靜，沐浴在晨光中，做幾下深呼吸，身心格外輕爽。

這時候，早起的鳥兒，開始啁啾鳴叫，聲音由小而大，由少而多，壓住了破曉的晨鷄，變成了鳥兒的世界，東方的朝陽，就好像是牠們催叫出來的。一霎時，只見萬道金光，從東方山頂上奔騰放射，在太陽尚未升起之前，山區初露曙光，曉霧飛颺，山嵐蒸發，景物由迷濛而清晰，大地已經甦醒了。道路上漸見行人，隱約中聽到車聲了，我散完早步，正在返家途中，飽餐了山區的晨間秀色，又是一天的開始了。

記得從前一位長輩告訴我：「每飯後，走數百步，爲衞生第一要訣。」俗話說：「飯後百步走，活到九十九。」因爲飯後的散步，不但可輕鬆身心，並可幫助消化，眞是一舉兩得。

我之飯後散步，多在傍晚晚餐後。這時候，是一天工作的結束，飯後稍作小坐，便繞着屋後的山徑走去；距離雖不算長，但也夠我悠閒自在的。

要是在夏天的黃昏時刻，太陽尚未下山，夕陽的餘暉，照着天邊的雲彩，和山區的霧氣上；將整個谷地的上空和地面，渲染成一片金黃而絢麗的世界，夕陽無限好，景色格外迷人。

不久，夕陽消失，但餘光仍殘照在天邊，暮靄繽紛，氣象瞬息多變，華燈初上，夜神又緩緩降臨。再看路上歸心似箭的行人，和天上倦飛歸巢的小鳥，樹影飄搖，一輪明月，又已斜掛在天邊，構成一幅美麗的夜景。我才在路燈的照耀下，漫步歸來，又是一天生活的結束。

如果在星期假日，我便將散步的層次提高，距離由近而遠，時間也延長了。我戴着便帽，穿着輕裝，沿着一條較長的山路走去。這時候，朝氣蓬勃，朝景清新，迎着初升的太陽，伴着水聲鳥語，走向大自然的山野，眺望遠山羣樹和平原溪流，心胸極爲開朗；尋思間，引起我許多寫作的靈感。

再反身向後山望去，背面正是巍峨高聳的鳳凰山，山脚下那一片靑葱蒼翠的谷地，點綴着幾戶疏落的人家，曲徑通幽，田園相接，眞是人間仙境。這座小山頭成爲我散步時休憩之地，只見衆鳥高飛，孤雲獨去，使我想起詩仙李白的詩句，順口吟出：「相看兩不厭，只有鳳凰山。」我高興一下子由一個俗人，嚮往着詩人的生活了。

我家住山腰，到小鎭上要走十餘分鐘的山路，上下坡甚爲吃力。假日的下午，我常利用這條山路散步，順便去購物和看報；回程時，也順便提些東西回來。每當我汗流浹背爬在半路時，常有騎着摩托車的好心人士，停在我的身旁，願意帶我一程；我連忙拱手道謝，辭却他的好意。

我想：如果老是四體不勤，缺少運動，而不常爬上爬下的話，那麼，這兩條腿恐怕快要報廢了。由於多年來的定時散步，養成了我規律的生活。從前消化不良的胃部，現已恢復正常，對疾病的抵抗力，也增加多了。作長距離的郊遊、爬山，更不會吃力氣喘。在緊張生活中，可以輕鬆身心，不再性情急躁。如遇情緒不寧時，散步到大自然去，只見遠山含笑，百鳥爭鳴，原來心裏的一團烏雲，便已化爲烏有；再不會有解不開的死結。更常在閒思悠想中，蓄積着許多寫作的素材。

散步對我的收穫，眞是太大了。

（七十年十一月二十日榮光週報）

還是剪貼好

我是在抗戰期間長大的，在當時讀書，由於鄉村文化落後，到初中二年級時，才偶爾看到一份大型報紙，感覺非常新鮮；除了閱讀時事新聞以外，對副刊上的文章，特別感到興趣。從軍後，每到一個地方，便是找報紙看；並把副刊文字，作爲個人進修的教材，和戎馬生活中的精神調劑。

來臺後，生活漸趨安定，才每天可看到報紙。覺得有些時事和文學資料，非常珍貴；尤其是有些副刊上的文章，頗適合自己的口味，讀來蠻有興趣；於是設法把它剪存下來，多年來，積存有好幾大袋。有時間，便把它拿出來閱讀，溫故知新，頗有一些心得。因爲當時出版業並不發達，而且大家都在硏習軍事教材，很少買文藝書籍看。

後來，看到有人擁有剪貼簿，覺得很有意思；於是我也學樣，把自己的剪報，淘汰一些次要的，把精華的剪貼起來，費了一番腦筋，貼存了兩大厚本。這兩本剪貼簿，隨着個人的生活調動，跑遍了全臺灣；後來並參加了中副的剪貼展覽，無論觀衆有否起眼，但敝帚自珍，却視爲個人的瑰寶。

轉業執教後，生活已經安定，由於個人的愛好，和教學上的需要，剪存的報紙漸漸增多，原來的剪貼簿，已不敷應用，且再無時間精心製作；於是把它貼上標籤，分門別類保存，像公文卷宗一樣。後來，卷宗逐漸增多，積存有一大木櫃，且因工作忙碌，無暇按時閱讀；總想抽出時間，再把它善加整理，細心研讀；可是，時間愈久，積存愈多，而且室內空間狹小，已有剪報爲滿之患。既無時間觀賞，丟掉又太可惜；於是狠下心來，捨棄一大部分，仍然存有一大木箱，留待欣賞和參考之用。

後來，購買的古籍和新文藝書籍增多，平時都在看整本的書；只好把一些要看的剪報，抽存放在手邊，利用零碎時間和外出等車時間閱讀，大部分剪報，都在這樣的情形下把它讀完。

近年來，由於出版事業發達，報刊上的好文章，報社或作者大都在後來積存出書，有書可買，就不必經常費神剪報；於是只把報刊上的珍貴資料，和精鍊的短稿，貼在自己隨身的活頁皮夾裏，有時也以劄記的方式隨時摘記。多年來，又積存有小型剪貼簿兩本，可說是個人剪貼的珍品，從來不輕易示人。

有段時間，因爲新文藝書籍買多了，一時興趣轉移，對那一大箱剪報，似乎有些冷落；但因個人的嗜好，仍然剪存好文章，活頁皮夾裏貼不下，只好留存在木箱卷宗裏。手頭上買的書看不完，對於剪存的好作品，又不能按時欣賞，在精神上是一種負擔。而且，買回來的文藝書，廣告上雖然誇張得天花亂墜，有的也是在書店裏翻閱以後再買回來；可是，愈是名家的作品，大家都搶着出版，只要湊足字數，就趕快拿去印書。所以名家的書，內容都很龐雜，很少有本純文藝書籍出現。有些文章，人家認爲是精品；其實，並不適合自己的胃口，要想符合個人的喜好，只有自己動手剪貼了。

我剪貼的範圍很廣，也包括雜誌在內。舉凡國內外大事、社會要聞、科技發明、偉人傳記、以及學人論述、文學掌故、詩詞聯語、時令節日、甚至天文地理、鄉土文物、醫藥衞生、精神修養，都在搜集之列；而主要的剪報，乃以文藝作品爲主。

經常，我能瀏覽到十份大型報紙副刊，只要是好文章就讀，遇到有可一讀再讀的文章，事後便設法把它剪存下來，留待以後再讀。因爲愈是好文章，愈能禁得起時間的考驗，甚至百讀不厭。

最近，除把原來的剪報，予以整理收存以外，特別把以前收存的優美散文，拿出整理剪貼，要閱讀欣賞起來，就方便多了；而且這裏面的文章，篇篇精彩，都是個人所喜愛的。在一般文集裏面，雖然有些好文章，可以一讀再讀，但爲數不多，而且各自分散；只有自己的剪貼簿，可以隨自己的意思編排，雖說是別人的心血，等於是自己編選，自己出版的好書；不但篇篇喜愛，而且是海內的孤本。——只此一簿，別無翻印——雖非價值連城，實在也無法估價，沒聽說，誰的剪貼簿，願意以高價割愛的。

個人雖然喜愛寫作，但因自己的學識才華有限，有些想寫出來的文字，總難得遣詞達意，甚至辭難盡乎情，變成累贅鬆散，連自己也看不順眼。只有讀到一些名家的作品，寫來洋洋灑灑，文思暢達，有時正是自己心中所要說出的話，喜怒哀樂，與作者心起共鳴。讀到歡愉處，不覺會心一笑；遇到坎坷遭遇，心境相同，更不覺同聲一歎，消除了個人心中的鬱積。有些義正辭嚴的筆伐，本春秋大義，痛快淋漓，等於代我發言，讀來不覺擊節稱快，大呼過癮，更消除了個人心中的積憤。至於一些勵志優美散文，文窮而後工，情至而後發，可作爲個人的生活指南。所以，在無聊苦悶時，翻閱剪貼簿，不但可以欣賞一些好文章，也可以使心情平復輕鬆，做事有活力多了。

剪貼簿，隨各人的喜愛，各自設計製作，但不宜過於雜亂，最好能分門別類，剪輯專題。篇幅不宜過大或過小，以八開紙大較適中。厚度亦不可太厚或太薄，以一百張紙厚爲原則。同時只可單面黏貼，也不宜貼得太密，更不可像編書一樣，平舖直敍地貼下去。必須像報紙編排一樣，有所穿插變化。大小橫直交錯，篇幅適中，並稍留空隙，以作補白之用。或一則趣譚，或幾句格言，或名人活動畫面，或花草山水圖案，以所佔位置少，小巧玲瓏者爲準。此種補白材料，可在報刊插圖中去找尋。至於藝人生活照片，只可取其精巧美觀者稍作點綴；如果都是些明星大幅照片，那就變得俗氣了。

從剪貼中，不但可以怡情悅性，也可學得一些耐心，更可學得一些剪接藝術；而對於美的欣賞，與眞善的領受，更收穫甚多。如此一來，一本剪貼簿，不但是文藝品，也可稱作藝術品了。

（七十一年九月十日臺灣日報）

左撇子與習慣

一般人把慣用左手的人，稱爲左撇子。據心理學家統計，左手人佔了世界總人口的十分之一。他們本身使用左手，固已習慣；但在各行業中難免遭到僱主的歧視。美國現在就有兩千五百萬左撇子，刻正發起一項運動，要求在由右手人主宰的社會裏，取得完全平等的地位。

一般人都認爲左撇子，是一種遺傳的特性。有些專家認爲，出生時腦部的損傷，或將就右手世界的社會壓力，也可能引起使用左手的習慣。

專家們發現，腦部兩個主葉間衝突的信號，心理學家稱爲「交叉優勢」，即右手人慣用左眼，或左撇子慣用右眼，而左撇子比較容易具有「交叉優勢」的特性。左手人和右手人的差別，歸咎於腦部組織的形態不同。

此外，人類不但在一生中慣用某一隻手，而且也慣用身體的左邊或右邊。因此，有慣用一隻眼睛、一隻耳朵、或一隻脚的情形。

照上面的情形和解釋看來，我是一個標準的左撇子，慣用左手左脚；但事實又並不盡然。

據心理學家說，所有的人類從出生起到三歲爲止，都並用左右手。到六歲左右，才能確定慣用左手或右手。我不知我幼兒時期用手情形如何？但記憶中最先踢毽子是慣用左脚，改用紙板上下接拍的紙毽子，也是使用左手。後來讀小學時踢足球，也是使用左脚；而右手右脚却用力困難。

使我奇怪的：我寫字執筆、吃飯拿筷子，和一般人一樣，都是使用右手；可能係從小接受父母和老師的指導，及一般生活習慣使然。除此以外，我打乒乓球、羽毛球、網球，仍然是慣用左手，而跳高從左側躍起，打籃球用左手投籃，甚至拿菜刀切菜，都是使用左手，如改用右手時，卽有被切傷手指之虞。騎單車時，用左手扶龍頭，如改用右手，根本把持不住。

平常，做一般家庭瑣事：如開汽水瓶蓋、開魚肉罐頭、拿鍋鏟炒菜、舀水灌水壺、開關門窗、手提雜物等，都是左手着力。洗臉、洗澡擰毛巾，都是從左向右扭，和一般人持相反的方向。

我不但慣用左手，完全似左撇子；甚至慣用身體的左邊，和左邊的器官。小時候和同伴玩遊戲，以身相撞時，慣用左膀，打架時用左手握拳。看東西用左眼比較方便，咬食物用左牙比較有力，刷牙用左手，穿鞋先穿左脚，甚至睡覺時也歪向左邊。我曾經重病數年，初起床走路時使用左脚，拿拐杖用左手，當時使用右邊的身體，總覺得不大方便。還有我背扛物品時，係用左肩，搬重物左手有力，處處有使用左手左身的傾向。古話說：「少成若天性，習慣成自然。」並無不便之處。

可是離家後從軍，你總不能用左手持槍、用左手扣扳機、甚至用左眼瞄準吧！初在部隊裏，對於自己是個左撇子，好生苦惱；當兵不能開槍，豈不是大笑話？起先拿枝槍，尚可濫竽充數，不會瞄準，不爲人所注意。後來接受射擊訓練，要實彈射擊，可就要做「南郭先生」了。不得已只好下定決心練習，爲着改用右眼瞄準，我着實費了很大的力氣，一有閒暇便是練習閉左眼，歪着嘴巴、咬牙切齒，使出頸部以上力氣，遷就練習閉眼，照着鏡子，看來非常滑稽；終於皇天不負苦心人，經過一段時間以後，我左右兩隻眼睛，可以同樣開閉自如。在射擊時七分爲滿分當中，曾經多次命中六分；而右手也練習好可以丟手榴彈了。

我因凡事慣用左手，爲了遷就用左手梳頭所以蓄髮也是左分頭；但是右邊四分之一的頭髮，仍然可用右手梳攏。沐浴時擰毛巾用左手；但仍用右手洗面。擦火柴固用左手；但抽香菸係用右手。倒茶用左手；但仍用右手端杯。開罐頭本來係用左手，但一次因左手疼痛，試着換用右手，竟然照開不誤；以後便習慣改用右手了。

清人劉蓉在「習慣說」一文中，借他少年時代以足履窪地的親身經驗，說明習慣對人有很大的影響；藉此告訴讀者，要謹愼於事情的開端，注意培養良好的習慣。常見有人用左手拿筷子，並不是生來是左撇子，而是小時未及時糾正之故。就以筆者爲例；我之執筆和拿筷子能用右手，設非小時父母及師長的及時指導，恐怕完全是左撇子；而長大後用右手拿槍，用右眼瞄準，甚至改用右手開罐頭，完全是後天練習的成就；而有些地方仍可同時使用左右手，如梳頭、洗臉、剪指甲、和用刀片交叉修面等，可見我並非全係左撇子，只是有使用左手左身的傾向而已。如有這種特性的人，是可以練習改用右手的；但習慣要從小養成，等到習慣成自然，就很難改正了。

心理學家提醒人們說，眞正的左撇子，是不可強迫改用右手的；而慣用左手的人，並不是一種不正常的行爲。「國際左手人組織」在其發行的刊物上，列舉歷史上著名的左撇子：包括美國前杜魯門總統、福特總統和許多著名的運動家、藝人和民權運動領袖在內。據說英王喬治六世，生下來就是個左撇子，他的嚴厲的雙親強迫他使用右手，結果使他得了很厲害的「口吃症」。美國前副總統洛克斐勒在童年時也慣用左手，他父親用帶子把他的左手腕綑住，強迫他使用右手，以致他得了「難語症」。

所以，只是有使用左手左身的傾向的人，固可改用右手右身；而眞正是左撇子的人，是不可以強迫改正的。

（七十三年十二月十五日成功時報）

作者（右二）全家照，民國七十五年二月九日（春節）攝於南投鹿谷

知足常樂話山居

筆者前曾發表「科技與生活」一文，將現代人與從前人的生活作一比較，現代人拜科技發明之賜，較之從前的人享樂太多。現代人的普通生活水準，不但是數十年前的富人，所難望其項背，卽貴爲帝王亦無法享受。

不過，由於科技的發明，引起社會型態的變遷，也帶給現代人許多文明的後遺症。現代人有現代人的快樂，相反地也有許多工業社會的煩惱。例如：飲食怕傳染疾病與食物中毒。住的雖是高樓大廈，但彼此缺少人情味，且佔坪較少，高樓炎熱難當，裝冷氣有人難以適應。一般市區住戶，尤其難耐噪音騷擾與處理垃圾之苦。都市人口密集，難覓清靜的活動空間，人們難免緊張與急躁。而空氣的汚染，尤其有礙衞生。擠公車、等班車，耽誤時間與受罪。無車人有「出無車」的感歎；而有車階級却有無處停車，遭人破壞之虞。這些都是從前的人少有的顧慮與困擾。

筆者寄寓山區，遠離城市，享有現代人的快樂，却少有現代人的煩惱。我是個知足常樂的人，在此並非說風涼話，或作自我陶醉；因爲沒有這些煩惱，便可成爲快樂，而「快樂」常從「知足」得來。

我服務的學校，就座落在凍頂名茶產地的凍頂山麓，宿舍就在校門的前面，早晚不必擠公車，可以從容上下班。附近有青山綠水，鳥語花香，茶園馥郁，竹韻清悠，夏秋間蟬聲競技，春耕時蛙鼓爭鳴，冬則雲霧瀰漫，山林隱約，霧裏山居，別有一番情韻。且山區氣候涼爽，夏天有天然冷氣，無炎熱蒸烤之苦。住處下面正是鳳凰鳥園與溪頭風景區的交會點。車輛固絡繹於途，但因改道關係，並無噪音騷擾，正所謂「結廬在人境，而無車馬喧」也。

每當早晚或星期假日，我常漫步山阪，欣賞朝陽與落日，目睹晨曦初放與晚霞蔽天，風起雲湧，氣象萬千。野花發而幽香，澗水藍而輕瀉，放眼四野，峯巒秀麗，山景清新，賞心悅目。尤以鳥羣結隊朝飛，由近而遠，由低而高，一羣羣、一隊隊，自由翱翔，井然有序；我的心情亦隨之翱遊天際，置身物外，逸興遄飛。

住處附近曠地頗多，垃圾隨倒隨燒，不會製造污染。隨手種植兩片葫蘆或絲瓜菜苗，不久卽藤蔓糾結，瓜瓞綿綿，摘食有餘，常以之贈送鄰友。屋旁兩株番石榴，初栽時只是嫩苗細葉，不到幾年功夫，便綠樹成蔭，果實纍纍，樹下就勢搭成雞棚，養雞飼鴨，爲其遮陰蔽雨，亦適得其用。屋後另闢小菜畦，自種兩樣蔬菜，山區雨多土肥，生長迅速，瓜果蔬菜，欣欣向榮，充滿盎然綠意。尤其果菜不施農藥，無食物中毒之虞；土雞爬土抓蟲，肉味香甜鮮美，爲現代人所難得。每有友人來訪，以自養土雞、自種果菜待客，賓主之間，別有一番情味。寄寓山區，由於現代運輸工具發達，不愁「村居市遠無兼味」，賣菜車每隔兩天，在晨起時定時開來宿舍，各種蔬菜、水果、麵點、魚肉一應俱全，甚至油條、豆漿照樣不缺。電話叫貨，瓦斯、食米、雜貨，隨叫隨來。早餐時卽可看到臺北的報紙，收看電視新聞，國內外大事瞬間卽知。郵差按時遞信，書報雜誌，郵購卽來。山上人家，有山居之樂，而無擠身都市，和與世隔絕之苦，這是現代人拜科學文明之賜，而爲從前的人所無法享受的。

生活在此經濟繁榮的現代社會，大家生活水準均已提高，我不但無自用轎車，連摩托車亦付闕如：但安步當車，下鹿谷車站，只須走十分鐘的坡路，以之作爲散步路程，倒可鍛鍊身體。在此搭乘冷氣直達車，只須八十分鐘卽可抵達臺中。其他各線班車，亦絡繹不絕，安全便捷，無「出無車」的感歎。

現在鄉村都市化，水銀路燈、柏油路面、家用電器齊全，鄉下人家一般生活水準，較之都市人並無遜色。入夜後，山區寂靜，微風輕拂，樹影婆娑，霧散雲高，視野廣闊，站在校園高處，遠眺平原上火車奔馳，車內燈火輝煌，儼似火龍騰躍。山下燈火處處，與天上星光，交相閃爍，蟲聲唧唧，月華明亮，天上人間，構成一幅情景交融的畫面。

山下小鎮夜市，雖人聲喧擾，劃破夜空沉靜：但間有音樂歌聲傳來，尙能悅耳。且喜附近無廟宇佛堂，無擴音誦經、強迫接受禮佛之苦，亦無工廠煙囪與機器馬達聲，故無噪音騷擾與空氣污染之患。工作之餘，讀書、閱報、散步、品茗，為人生中最清閑的享受。

（七十三年十二月二十五日成功時報）

喜獲佳文妙趣多

在國中教學十多年，自慚過去不是學文學的，却吃下了教國文這碗飯，說來這與自己的興趣有關；所以一直堅守崗位，樂此不疲。

我小時候在農村中長大，讀過幾年私塾，那時候一般人的心態，認爲讀書人只要把文章作好，將來不愁沒有出路。我受當時社會的影響和師友的薰陶，很喜歡與書本親近，並認眞地學做文章；所以從小我便和文學結下了緣。

從軍後，接受軍事教育，出操上課，生活緊張而忙碌，且所讀的大都爲軍事書籍，難免枯燥而乏味；每逢星期假日，常去學校圖書館閱讀報章雜誌，漸漸對文藝有所偏愛，常在課後休息時間，抓住機會瀏覽一些散文，身心甚感舒暢，時日一久，引起我對散文極大的興趣。

後來，我因重病住院，病榻纏綿，一拖便是六年，往日的豪情壯志，雖不致萬念俱灰；但希望那重生之火，始終燃燒不起來。在住院期間，精神苦悶，因不能太費腦力，便以閱讀報章雜誌作爲病中消遣。每天除散步以外，便陶醉在副刊園地裏，那些風趣雋永的散文，便是我內心愉悅的泉源；不但可消除苦悶，並得到許多人生的啓示。尤其是讀到一些勵志的文章，使我忘記病中的痛苦，意志更隨着堅強起來。因此，我並沒有小看自己，終於逐漸恢復健康，重新踏上人生的坦道。

轉業執教以後，生活安定，閱讀較爲廣泛，教學相長，很多來自報刊的心得。我白天工作，早晚自修，其他休閒時間，便沈浸在讀報與剪貼之中，從閱讀欣賞中，更得到許多無法言傳的妙趣。

多年來，我養成每天讀報的習慣，除閱讀一份全份報紙外，還要瀏覽很多份報紙副刊。每讀到一篇好的文章，便設法把它剪存下來。學校訂有七份報紙，已不算少，爲了搜集剪貼的方便，我便自訂兩份，假日並常到附近圖書館和報攤去涉獵；所以平時我一有時間，便是翻閱各種雜誌和找報、剪報，忙得難有閒空。在這工商業繁榮的現代，一般人都在設法賺錢，把洋酒往酒櫥中擺；個人生財無道，只好澹泊明志，把一本本剪貼簿和期刊往破櫃子裏裝。每看到一堆舊報紙，或散張舊報，人家棄之如敝屣，我便像沙裏淘金去發掘寶物。每找到一篇我所喜愛的文章，或難得的資料，就像得到一件寶物似的而興奮不已。尤其是找到多方找不到的過期文章，踏破鐵鞋無覓處，一旦收存到手，更是喜不自勝。而自訂的兩份報紙，常被我剪得大洞小洞破爛不能摺疊，因爲不便賣出，只好隨便送給人家。

我所剪存的範圍，除文藝以外，也兼及國內外大事和各種珍貴資料，長年累積下來，室內常有報紙書刊爲滿之患。所幸近年來均能隨剪隨貼，隨時整理。舉凡醫藥衞生、時令節日、偉人軼事、旅遊風光和文藝理論、社論專欄，以及文學掌故、讀書評介等大都分門別類分存數十個卷宗，儼如私人檔案，每有需要，隨意一抽卽得。而剪貼方面，專以散文小品爲主，並將有關「讀書」剪報，另貼專簿。剪貼方式，自出心裁，全憑個人的喜愛，將一張張大小不同的剪報，穿插拼湊，各得其宜；並使其藝術化與趣味化，遇有空隙，便配以小型圖案和短文：或山水風光，或美麗人影，或時事插圖，或一則雋語，貼貼補補，色彩繽紛，看來美麗而悅目，極盡編排剪輯之能事。

我每天要翻閱八、九份副刊，先是掃描瀏覽，繼則尋寶獵物，遇到有一讀再讀可資欣賞的佳文，始予決定剪存，通常讀過兩遍以後，再用紅筆圈點標記，寫上報刊和日期，最後才收入剪貼簿。這些擲地有聲的文章，個人認爲是精品中之精品，大都被我用紅筆大圈小圈、單鉤雙鉤，或直線紅框，或簡明批註，作上許多記號。每在展讀之餘，大有「天下文章在我家」的滿足感。

俗話說：「貨問三家不吃虧。」我則認爲「文看多篇才正確。」有些文學掌故、詩詞成語，和常用詞彙，被大家輾轉引用，言人人殊，莫衷一是，很難得到正確的答案。當我發現一篇文學資料，與同樣引用的作品多篇，經互相比較，或對照原始資料，迨輾轉查證，認爲正確以後，才放心使用；多年來的疑難，一旦霍然冰釋，那種「費盡工夫才正確」的成就感，與「他人懵懂我獨知」的快慰感，實難以筆墨形容。

陶淵明說：「奇文共欣賞，析義相與言。」我每讀到一篇文字雋永、幽默風趣的小品，常在腦海裏縈紆終日，暗自展顏。同時還送給同事們欣賞，並講解給學生們聽，使大家分享文中妙趣，不僅是析義與言，還得到相悅以解的化境。

有些精鍊而有深度的作品，不但文字優美，耐人尋味；並可作修養性靈與消氣解悶之用。我每在情緒低落或心情鬱結時，讀到幾篇勵志的佳文，精神卽爲之一振，一切憂愁苦悶，早已煙消雲散。最受用的，便是在教學疲勞或與學生生氣之餘，閱讀一兩篇輕鬆愉快的散文，內心的不快和身心的疲憊，不覺頓時化除；馬上又走入另一間教室，從容授課，意態自如。

有人認爲快樂的追求，得自物質生活的滿足；但是這種快樂是短暫的，而且樂極容易生悲。只有讀書，不但可以忘憂，更可以使人積極進取，提昇生活的境界。只有剪貼不但可以增加學識，更可以調劑精神，得到金錢所換不到的快樂。多年來我不敢誇稱手不釋卷；但口袋裏總有看不完的剪報。而這些佳文妙句，便是我半畝方塘中的源頭活水，取之不盡，用之不竭，而妙趣無窮。有人說，喜樂心境，乃健康之靈藥。這種靈藥的妙用，只有做過報迷、書癖的人，才能有此體驗和獲得。

（七十三年六月十日中華日報）

身處深濃雲霧中

山居多年，對季節的遞嬗和氣候的變化，感受非常深刻，也領略許多山居生活的情趣。夏季氣候炎熱，但蟬聲盈耳，清風徐來，一陣山雨過後，暑氣漸消，身心頗有清新涼爽的感覺。冬天雖然寒冷，但爲期不長，轉眼又是春暖花開的季節，——鳥鳴嚶嚶，草木繁茂，說不盡鳥語花香、竹影松濤的情韻。尤其山區沒有空氣的汚染與噪音的侵擾，山居生活，可說是樂趣多多。

不過，造物厚人，給山居人的生活清幽，景色美好；但也有被捉弄與損抑的一面。每當冬末春初，尤其在仲春時節，山區多霧，來去匆匆，或深濃、或稀薄、或舒緩、或急遽，來如春夢不多時，去似朝雲無覓處。每當多霧季節，濃霧常和山居人捉迷藏，爲了避免濕氣侵襲與增加空氣流通，只好不時開門閉戶，使人無從防蔽。如果是連天陰雨，霧濃不去，稍不注意，讓大霧闖入室內，那麼，一個夜晚只好睡在雲霧中了。

大霧將來時，往往風起雲湧，天色忽然昏暗，霧氣一層層、一道道，由淡漸濃，由緩趨疾，只須數分鐘，天似穹廬，大地一片濛昧，遠山近樹，均籠罩在深沉濃霧之中。山居人生活在雲霧裏，不但外出行走不便，連對面交談，也很難看清面目。

有一次，學校在升旗後，正着手檢查學生服裝儀容，起先訓導人員尚可在臺上對全體學生講話，老師們各自分班檢查，忽然大霧從山下飛臨，來勢猛勇急遽，頓時校園隱沒在一片深濃雲霧裏，麥克風裏只能傳出聲音，操場上看不見人頭，檢查儀容的老師，連學生臉孔都看不清，只好暫時停止。

今年（民國七十五年）寒冷季節似乎較往年爲長，已經到仲春之末，氣候仍未轉暖。這幾天山區又陰晴不定，雲霧聚散無常。說來也眞是湊巧，昨天（三月二十八日）電力公司宣告整天停電，自來水公司因修理設備通知停水，而老天爺就是不停止施霧，而且瀰漫得特別濃密，好像要把人窒息似的。教室裏一片陰暗，室外一片迷濛，旣無電燈，又無光亮，老師只能講而不能寫，學生也只好用耳而無法用眼了。礙於課程進度，師生又不能不上課，有霧也只好待在教室裏，走廊上只能看到人影，走路稍一不愼，便會撞個滿懷了。

這天下午，我恰好無課，坐在辦公室裏，想趁霧氣稀薄之際，把預定的學生作文批改完畢。好在我的辦公位置，靠近走廊，尚可開窗借光批閱；改了幾本以後，漸覺視線模糊，只好打開全扇窗戶，把作文簿端放在窗檻上站着批改。同事們走過，都勸我何必過於認眞，有傷目力；而我的個性預定要做的事，不能按時做完，總覺放心不下。誰知道濃霧說來就來，改不了幾本，忽然室外一片迷濛，冷風濕霧，挾着飄浮雨絲，一起迎面襲來；只好連忙收拾簿本縮回屋內，旣無電燈照明，一時白天如同暗夜，無奈之餘，只好待在座位上閉目養神了。

好在霧氣停留不久，一陣山風吹過，又把它轉移陣地；於是我又可以張目遠視，以便調整目力。恰巧手邊正有當天的報紙副刊，首幅是作家張榮彥先生的「愛在山卡裏」，頭一段對於霧的描寫，特別生動深刻。心想我久住山區，對霧的體驗甚深，也曾以霧爲題材，寫過好幾篇文章，但描寫總不夠生動細膩，於是又把它細讀一遍：

「霧，好濃，好濃，不知從哪個山坳湧起，急倏地瀰漫開來，像一團團滾動的棉花，在峯巒間飄游。置身霧中，就像佇立濛濛細雨中，潮溶溶，冷颼颼的，只是多了一份淒迷。山中的晨，多半有霧，霧總給人一種意識朦朧的晦澀，大地總像醒得姍姍來遲。」

讀着，唸着，不知是否霧神有靈，我好像在扮演誦念符咒一般，不知不覺又把霧給請來了。起先，我還可以靠近窗戶借光，坐在椅子上看；漸漸必須貼近玻璃站起來讀，霎時間又覺視線朦朧，伸手到窗外，也無法看淸了。走廊中、操場上一片濛昧，迷茫間，隱約只望見近旁的一棵柳樹，佝僂着身體，在那裏東西搖晃，沒有一點平時款擺生姿的媚態，更像一位風雨中的老人，和近旁看不見的幾棵龍柏，互相招喊驚叫了。

於是這篇文章，我無法一時讀完，又像剛纔批改作文時一樣，廢然地把身子收回座位上，關起門窗來靜觀天變。回想張文的首段：他形容「濃霧急倏地瀰漫開來，像一團團滾動的棉花，……」我想張先生這段文字，尚不足以形容此時此地來去匆匆的濃霧。我猜想：大概是老天爺有意給我們山居的人開玩笑，讓我們開開眼界（其實只好閉眼），讓一位神奇的舞臺魔術師，集中所能囊括的乾冰，一起向我們這個山區噴射；又像把這些乾冰製成的霧氣，收存在一具妙葫蘆裏，鬆緊、快慢自如，濃密、淺淡隨意，特別製造出自然界的迷濛幻象，來表演他的神法似的。

多年山居，不但慣看秋月春風，尤其體驗出風雲的變幻，而對於霧的印象，神思飄忽，愛惡雜陳。霧使我隱身山林，深居簡出，體驗出自然界的神秘，關起門來，可以多讀點書，作一番深思省察的功夫。但霧的來去匆匆，飄游不定，使人無法防範；稍一疏忽門窗，讓濕氣乘虛而入，以致衣物潮濕，生活諸多不便；尤其是久霧滯留不去，數天不敢開門，不但空氣無法暢通，且濕氣往往凝聚成豆大的水珠，沾附在天花板上，望之使人起雞皮疙瘩。因此，每逢這段期間，白天上班，我只好預先關閉門窗，形成「門雖設而常關」的狀態，而下班後亦然，日久成爲習慣，變成經常關門了。

可巧，這天看完張文以後，又接讀另一份同天副刊，拜讀亦耕先生的「門」。「門」文大意是說：以前鄉下一般農舍，裏裏外外只有兩道門，即前門和後門，其他房間很少設門，即令前後門也是雖設而常「開」；以致他久住鄉下的尊翁，初來都市，對層層門卡，常要隨手關門，頗不習慣。

「門」文後段說：他每讀陶淵明的「歸去來辭」，對文中「門雖設而常關」一句，頗有疑問，顯然與他的鄉居經驗不大相應。初則突發奇想，以爲後世傳抄筆誤，把「開」誤寫爲「關」；但細查古本，却無一語提及。後來他爲了心安，找到一項比較合理的解釋，象徵陶淵明歸回田園後「請息交以絕遊」的心情，以資印證而釋疑團。

這兩篇文章，我都是在濃霧來去的空隙中讀完，張文觸發我寫本文的動機，而「門」文却使我產生許多聯想：按陶淵明爲東晉潯陽柴桑人，他自彭澤令掛冠歸隱後，一直隱居在他的故鄉柴桑，過着窮困的耕讀生活。柴桑在今江西省九江縣西南，南距避暑勝地廬山不遠，且鄰近鄱陽湖。廬山以多霧著稱，蘇軾的題西林壁曾謂：「不識廬山眞面目，只緣身在此山中。」乃因身處濃霧之中，看山不識山，卽景有感而發。陶淵明的飲酒詩：「採菊東籬下，悠然見南山。」和他的歸園田居的「種豆南山下，草盛豆苗稀。」詩中的南山，均指廬山而言。陶淵明的「歸去來辭」文中的「門雖設而常關」雖與亦耕先生從前的鄉居經驗不大相應，除「門」文中以「請息交以絕遊」來印證，作象徵性的解釋外，我亦另有補充。

陶淵明自歸隱後，過着自耕自食的生活，個人興之所至，常在自己庭院中瀏覽風景，——「園日涉以成趣，門雖設而常關。」形成一種個人的生活習慣。另外他以隱者的心情，認爲「世與我而相遺，復駕言兮焉求？」同時他還要日出而作——「晨興理荒穢」；日入而息——「帶月荷鋤歸。」他要把門關着，好忙着去幹活；說不定連老婆孩子也跟着一起工作，所以只好常常關門了。

另外我也有一種奇想：是不是他家住廬山之下，廬山以多霧著稱，大霧瀰漫時，聚散無常，穿牖入室，影響他的鄉居生活，乾脆關起門來避霧；就和筆者此時的山居生活一樣，每當大霧來臨時，只好深掩柴扉，把濃霧擱阻在屋外。我想陶淵明的閉戶，說不定與附近廬山的濃霧和鄱陽湖的濕氣有關。

（七十五年四月二十一日臺灣日報）

黑白手

本省有句方言叫「喔北港」，我初不明其意義，只知道：「港者，講也。」把「喔北」聽成「阿伯」，以為「喔北港」者，卽「阿伯講」之意也。所以每當我與他人談話，遇有意見相左時，人家說我「喔北港」，我並不以為意；反而以為自己佔了點小便宜。因為有些朋友們的孩子，每稱我為「阿伯」；人家說我「阿伯講」，豈不比對方長了一輩？

後來，這句話聽多了，每當聽到有人講「喔北港」時，大都疾言厲色，好像是罵人家的樣子，我才知道這並不是一句好話；但是「喔北」兩字，仍不知其意義，更不知其寫法，當然聽起來並不受用。

前幾年，適逢地方民意代表選舉，報載某位候選人，因為以言論惡意攻擊對方，引起對方的忿怒，要求兩人同往神前「斬雞頭」，請神主持公道，看誰「黑白講」？至此，我才明白原來「喔北港」，就是「黑白講」，乃是以閩南語發音，批評人說話黑白不分、胡說八道的意思。我暗想：這個語彙倒很有創見，表達也很傳神，使我甚爲欣賞。

由「黑白講」，使我對於這雙手，也自創一個新詞，叫做「黑白手」，照字面看來，這「黑白手」三字，並不怎樣風雅，很容易引起誤會：好像在下做事，有些黑白不分，或是昧着良心做黑心事；不過，這裏特別要聲明的：在下可是身家清白，有正當職業，我這雙手從沒有偸雞摸狗，去白拿人家的；也不是白手起家，曾經參加過什麼黑社會組織；而是由於職業關係和個人的生活習慣，使得我這雙手，一天中忽黑忽白，甚至黑白模糊，看來烏漆巴黑的。

一般當老師的，雖手執教鞭，常埋怨自己是吃粉筆灰的。我不但吃了二十多年的粉筆灰，也擦了二十多年的黑板。雖然濫竽教界這麼多年，照理說也應該磨厚了臉皮，來從容施教，沒有什麼好緊張忙碌的；可是，由於個人性急，不但講話較快，而且動作也有些急躁。往往五十分鐘的國文課，一面講一面寫，要連擦好幾次黑板；同時由於個人習慣，寫字較爲用力，有時粉筆一寫卽斷，弄得滿手都是粉筆灰，連帶沾滿了上衣下褲，活像一個板擦兒。有時雖由值日生擦拭，但由於黑板較高，上面他們搆不上；有些學生嫌我寫字太大力，使他們擦拭不淨；所以我常以「板擦兒」自況，乾脆自寫自擦、一手包辦，也節省學生的時間。下課後，本想趁閒洗手，可是有時山區缺水，自來水不靈光，只好將就下去，十分鐘一晃，又將上課了；所以手上總是沾滿了灰污，難得一時潔淨。

我除了教書以外，無其他副業，亦無特殊嗜好，寄寓山區，無理想活動場所，以資調劑身心，工作之餘，除散步、品茗以外，便是讀書與閱報。學校已訂有六份報紙，和其他圖書雜誌，已不算少；另外個人還自行另訂兩份，以資補充。平均每天我要翻閱八份報紙，和其他公訂、自訂及贈送的雜誌。每天除固定詳讀一家全份報紙外，其他便是瀏覽各報副刊和專欄。遇有重要資料和優美的文章，隔天便設法把它剪下來。如遇時間匆忙，一天看不完，便留着第二天抽暇詳讀。所以我的講義夾內、口袋中、手提袋裏總離不開報紙；遇有空閒時間便是讀報，手摸的全是白紙黑字，多少年來，從未一日或離。

此外，在早晚上下班前後，我還要利用時間看書。忙來忙去，一天中棲遑匆遽，手上總離不開報紙和書籍。而報紙與書本全是用鉛字排印的；尤其是報紙鉛質較濃，往往翻閱幾份報紙下來，兩手都沾滿了黑汚，剛剛洗淨的白手，又漸漸變成黑手了。如果兩個小時不洗手，一手的汚髒，不但不敢沾摸其他衣物，更感覺不衞生。所以每隔一兩小時，我便須以肥皀洗手一次；否則手上時白時黑，便會弄得黑白模糊，變成名副其實的「黑白手」了。

俗話說：「雙手萬能，人定勝天。」人類之所以能主宰大自然，控制其他動物，就是因爲有一雙萬能的手，善於利用工具，配合靈敏的頭腦，才能創造歷史文化，發揚科學文明。不過，手能爲自己和社會人類服務，但也能毀滅人類，奴役他人；甚至以一雙惡毒黑腥的手，做盡傷天害理的事，變成殺人不眨眼的劊子手。等到一旦覺悟下來，才放下屠刀，洗手不幹，重新做人。

回顧我這雙手，雖然時黑時白，但做事從來沒有皀白不分，更沒有做過壞事。從小用這雙手拿鐮刀割過稻穀，牽着牛繩放過牛，後來讀書時才拿筆寫字。離家後，拿了將近十年的槍桿，但從戎並未投筆。轉業執教後，拿了二十多年的教鞭和粉筆。由於職業關係和個人的生活習慣，一雙手一天中忽白忽黑，仍然樂此不疲，從來不會洗手不幹；這是個人對生活的執着，而引爲快慰的。

（七十三年十二月二十九日商工日報）

刮鬍子

一般人常爲頭頂上的三千煩惱絲煩惱，剪不盡，理不完，經常跑理髮店，不知耗費多少時間；至於吹風、搽油、梳頭、照鏡子，簡直比女性還要麻煩；所以古人稱它爲煩惱絲，不無其中道理。

我除煩惱絲以外，又加上一層煩惱鬚，而後者比前者更覺煩人。頭髮可以半月以上理一次，但鬍鬚非三天修一次不可。如果三天不修面，則滿臉鬚樁，自己可以眼不見爲淨，在別人看來，難免面目可憎。要是一星期以上不刮臉，不但講話時看不清口唇，而兩頰又各黑上一大塊，更自覺不大體面。我非深山裏逃兵，更非嬉皮惡少，那能不修邊幅，站在講臺上，侈談端正禮俗之道。

我因生理上關係，除了鬍鬚較硬、較密、長得快以外，加上兩頰又雜草叢生，使原本可稱道的兩道酒窩，被隱沒不現。刮鬍刀既比不上野火，時間上又等不及春風，所以，修面比理髮更覺費時費事；但爲了整肅儀容，又不得不耐心修刮，備嘗箇中酸楚。

年輕時候，有時理髮時間長一點，臉上只是長些寒毛，不修面還可以馬虎過去。等到年過二十五以後，上述那些壓迫情景，漸漸加深。尤其是那段少壯期間，正在接受嚴格的軍事訓練，每逢假日外出，要在走廊上對鏡整容。我常爲臉上鬍髭長得快，鬚影幢幢，被隊職官「刮鬍子」，雖然是自討沒趣，但總於實際無補。爲了這一臉煩惱鬚，不知挨受多少「寃枉」。

在受訓期間，當學生待遇菲薄，買不起刮鬍刀。即或有錢購置，不但保管收藏不便，而且也沒有充足的時間，讓你從容修面；但我總不能經常「受刮」，而自己仍然要修刮一次。俗話說，窮則變，變則通，我學會了用刀片刮鬍子的本領。只要一片在手，無論上髭下鬚，兩頰髯毛，甚至左右眼角，都無往而不利，連肥皂泡也不必打。每當放假前，修刮得乾乾淨淨，手摸唇頰，比上理髮店修面，還要清潔溜溜。

我生來是左撇子，除了拿筆和筷子使用右手以外，其他一律使用左手左脚，不但右身使用不便，而且不能著力，踢足球、踢毽子，都使用左脚；打乒乓、投籃球、拿網拍，也都使用左手。雖說「少成若天性，習慣成自然。」只要決心苦練，仍然可以改正過來。

記得初次拿起刀片，只是嘗試性質；因爲用空刀片修面，外面沒有護蓋和手柄，使用起來，就像騎着一匹赤膊馬，無法攬轡控韁，更遑論縱橫馳騁。而且使用空刀片，只能向上反刮，不能往下順修；非要練就一手純熟手法，無法操縱自如。所以初修面時，經常弄得皮破血流，不堪其苦。右手既不便用力，而一手又不能修刮兩邊，必須左右換手，才能向上反刮，涵蓋全部面頰。經過我一番潛心苦練，忍受破皮裂面的創傷，居然手法精巧，應用自然；較之使用刮鬍刀，更爲簡便實用。

像這樣使用空刀片修面，大概有十年的歷史；尤其是在那段住院期間，在病房使用，更爲簡便。後來我病癒出院，一位要好的患友，特送我一把刮鬍刀，作爲紀念。從此，我擺脫了用空刀片修面的日子，在日常生活上提高了一層。

現在，這把刮鬍刀，仍在手邊使用，已經有二十三年的歷史。原送物的友人，已經失去連絡，但我仍難忘老友的情誼。孩子們準備在父親節時，送我一把電鬍刀，我連稱不必；因爲我已經習慣了，還是原物好。看到電視上的廣告，滿臉塗上肥皂泡，我就起雞皮疙瘩。即或用電動修刮，不必再打肥皂泡，仍然沒有現在的方便，所以我還是將原物珍惜使用。

我因爲鬍鬚既硬且密，而且又延及兩頰，甚至連耳朵眼兒也有；用一般刮鬍刀，仍然力有未逮。爲了減少痛楚，每次在修面前，先用一把小剪刀，將長毛一根一根剪掉；然後再用刮鬍刀修刮，連肥皂泡都不必打，一樣可以手到功成。而且兩鬢間的白髮，照樣可以修刮整齊，較之理髮師的手上功夫，並不遜色。

起先，我兩三天必修面一次，後來因時間關係，感覺這樣太麻煩；於是把時間延爲一週一次，待鬚毛長長了，剪起來才蠻有情趣。如果遇上幾根特出長硬的，一刀剪去，猶如在森林裏拔樹鋸榦，摧枯拉朽，把苦事變成樂事。較之上理髮廳修面，既覺省錢省事，而且還可享受一些閒趣。

以前，我也曾偷過懶，把鬍鬚蓄長一些，等到理髮時一次完成；但由於我的鬍髭密而且硬，修刮時，不但被折磨得齜牙咧嘴，更引起理髮小姐的不快，往往噘起小嘴來：「你的鬍子很不好刮！」言下之意，不是她的熱毛巾、肥皂液沒有浸透，不是她的手藝不夠高明；只怪我的鬍髭太硬，把責任都推到我的身上。我只好裝聾作啞，不言不語，吃些暗虧。

俗話說，吃一次虧，學一次乖。後來，我在理髮前，先將長鬚剪短，只留些鬍鬚碴兒，尤其是上唇肌肉敏感部分，特別費了一番「手脚」。如此一來，修面時就方便多了，也使得理髮小姐省一些事，摸摸我下巴頦說：「你的鬍鬚很好刮，不像別人那樣堅硬！」手也就柔軟多了。其實，她們那裏知道，我是怕挨受她們的嘴刮，也爲了減少一些痛苦，而事先動手刮短了。

現在，我習慣用一把小剪刀，一具舊鬍刀，在每週末修面一次。在鏡中對那些萋萋芳草，尤其是兩頰和下巴部分，一根根修剪，頗學着一些耐性，刮鬍子對我來說，不但不以爲苦，反而有一些樂趣。

（七十一年八月十六日青年戰士報）

第二輯　勵志小品

友情

我是個好結交朋友的人，經常和朋友通信；由於友情的鼓勵和慰藉，使我渡過那段艱苦的歲月；回想前情，彌足珍貴。

我喜歡收藏友人的信件，無論新知舊雨，每人總要收存一兩封，作爲永久的紀念。每當寂寞無聊，或在歲暮天寒時，我總喜愛翻閱這些珍貴的信件，重溫昔日的友情。

記得當年一個人離家出外，茫茫前路，不知何去何從？在旅途中倍感寂寞。後來碰到兩位老同學，一同棄學從軍，互相勉勵照顧，得以適應軍旅生活。不幸一人中途病重掉隊，生死不明；一人來臺亡故，魂兮縹渺，歲暮悼忠靈，使人格外傷感。

來臺後，由於長官和朋友的鼓勵，考入軍校深造，三年下來，不幸體力漸差；服務部隊未久，卽因重病住院。俗話說，好漢只怕病來磨。我纏綿病榻，一拖就是六年。此其間，幸蒙各位摯友精神上的安慰，和物質上的支援，經久不渝；使當時萬念俱灰的我，重燃起生命的火花，再度邁向人生的坦道；友情之可貴，使人畢生難忘。

俗話說：「貧病知朋友，患難見交情。」當我久受病魔的困阨，好像沒有康復的希望時，這些患難的朋友，不因我的健康無望而拋棄不顧，多次前來病榻慰問，溫暖了我乾涸的心田，鼓舞了我求生的鬥志，病體也好得快了起來。康復出院後，貧愁潦倒，淒涼落魄，他們不但解衣衣我，還助我尋找工作，使我得以就業成家。古人認爲：人生得一知己，可以無恨。我承蒙他們的錯愛，得到這多位知己，實在值得安慰。

在住院期間，因爲自己病重不能行動，得到許多同室患友的照顧，使我在住院、轉院期間，減少許多生活上的痛苦；同病相憐，患難朋友，最不可忘。轉業執教後，在工作崗位上，又得到許多同事的幫助，增加教學和工作上之方便。復因愛好寫作，認識了許多文壇上的朋友，更收到「以文會友，以友輔仁」的助益。

哲學家尼采曾說：「人而無友，猶生活中無太陽。」但是，我有這多位太陽，給我太多的溫暖；而我對他們有些什麼酬報呢？回顧這半生中，得之於朋友太多；自己付出的太少，說來實在慚愧。年年歲暮，想到一些遠隔天涯，和多年不見面的朋友，使人倍加思念；此刻不能投桃報李，只有常懷一份感激之心罷了。

「在家靠父母，出外靠朋友。」這雖是一句普通話；可是人可以沒有親人，但不能沒有朋友。因爲父母不可能呵護你一輩子，一個人不能夠一生在溫室中生活。只有朋友，四海之內，到處可以交結。如果交結到幾位好友，在學業上可以砥礪切磋；在行爲上可以勸善規過；在事業上可以鼓舞提携；甚至當你苦悶、忿怒時，往往因朋友一句勸解或慰勉的話，可以使你與人和善相處，室家安和；朋友對人生的幫助，實在太重要了。

拿破崙說過：「一位忠心的朋友，好像是菩薩的化身。」一位好友，就像一本好書，當世人都疏遠你時，而他却仍在你的身邊。錢財如糞土，仁義値千金，有很多朋友的人，就像有很多的財富。當你連一個朋友也沒有時，即或有再多的金錢，在心理上仍然寂寞空虛，精神無法充實；所以詩經上說：「嚶其鳴矣，求其友聲。」沒有一個人不希望有很多朋友的。

不過，朋友有損友，有益友：你若結交到一些正直、信實和博學的朋友，你就會改過遷善，砥礪自己的德行，日趨於眞誠完美之境；反之，若是交到一些逢迎不直，工於獻媚，和口辯無實的人做朋友，那就會使你毁德敗行，流於虛僞不實，淺薄無聊，受害勢必無窮。俗話說：「有茶有酒多兄弟，及難何曾見一人。」像那些酒肉朋友，柴米之交，倒不如不交爲好；因爲眞正的友誼，是不該建築在利害條件上面的。

而且，要想得到朋友，先要自己夠朋友。朋友要互相勉勵，互相幫助，推心置腹，眞誠相見；不可只共患難，而不共安樂；更不可光佔朋友的便宜，自己處處要先得利益；因爲你需要朋友，朋友也需要你。有人說得很坦率：「一個被需要的朋友，才是眞正的朋友。」這句話雖然看來太現實，但也是人情之常。

同時，朋友間也要保持一點距離，彼此互相尊重，不可你我不分，過於親暱。很多人往往因爲一句戲言，或在金錢上發生誤會；以致反目成仇，終成陌路。像古時候的管鮑分財，體諒朋友；廉藺刎頸，不計宿嫌，是要經過長時間的考驗和培養，才可以達到那份眞情的。

「友情、友情，人人都需要友情。……」這首流行歌曲，可値得提倡，讓我們大家來珍惜友情，培養友情吧！

（七十一年八月一日中華文藝）

淑女風範

從前，我國人有重男輕女的觀念，要求女子要「三從四德」，甚至近代還有人說：「弱者，妳的名字是女人。」其實，女性在我國社會上，地位仍極崇高；撇開古代的大姜、大任、大姒不說，有了孟母、岳母、歐母和蔣母等偉大母性，才能教養出像孟子、岳飛、歐陽修，和先總統蔣公等古聖先賢和歷史偉人。所以有人說：「推動搖籃的手，就是統治世界的手。」母性的光輝，就像三春的太陽，撫育後代，照耀人寰。

現代社會上，主張男女平等，甚至女重於男。在各種公共場合上，常是男左女右，在選舉法規上尤有婦女保障名額。稱一般女性爲夫人或小姐，而一般年輕人，很少有被尊稱爲先生的。有人曾誓言「寧爲女人」，還有人認爲「男人永遠是輸家。」可見現代女性，更爲男人所敬重。

女性其所以被人敬重，主要是她們有溫柔良善的婦德，和母性慈愛的光輝。而這種美好的德行，必須從小時候養成。學校教育固然重要，而家庭教育尤不可忽視。所以一個賢慧端莊的女性，被尊稱爲淑女，如果再有婀娜多姿的身材，即具有內在、外在之美，便成爲一個完善的典型女性。所謂「窈窕淑女，君子好逑」；否則，女性在行爲上不求檢點，多言放蕩，雖具有外在之美，而無賢淑的內涵，就難免被人看輕了。

在古代造字的原理上，女字是象形字，表示拘謹端莊之意。由於「男主外，女主內」之古訓，女孩子被稱爲閨女，而婦人被稱爲主婦。男字是會意字，力田爲男，男人是專管種田的。「男有分，女有歸」是古代社會的型態。

現代由於時代不同，男女平等，女人走出廚房就業的機會較多，不得不和男人一樣地在外面拋頭露面了。一般人的觀念，男人在行爲上稍有放蕩，常被人們所忽略；而女人稍有行爲不檢，反被人們所輕視。這種對女性的要求過嚴，雖然在觀念上有顯著的不平等；但往好的地方設想，毋寧說是對女性的尊重，來得貼切。

常見一般女性在公共場合上，如球類、游泳、田徑賽，和各種職業、社交活動，甚至在政治舞臺上，那種當仁不讓的精神，和竭誠服務的表現，使男性望塵莫及，甘拜下風。所以女人從小被稱爲淑女，品德端莊的女性，被稱爲淑女型，無形中爲男性所敬重。

現在，由於男女社交公開，西風東漸，使得我們的社會習俗，蒙受不良的感染。衣着如迷你裙、裸背裝；舞蹈如迪斯可、熱門舞，使得女士們不再那樣地保守，學得洋化起來。少數女孩子甚至被不良份子所引誘，吸食迷幻藥，注射速賜康，一反過去的溫柔莊重，生活放蕩不羈，而被戲稱爲十三點、太妹型了。

當然，這只是少數中之少數，大部分的女性，處在今日的社會裏，仍能保持我國女性的傳統美德，相夫教子，服務人羣，爲社會帶來了安定與繁榮，贏得丈夫、兒女或愛侶的敬重。

一次，我在火車上，看到兩個女孩子，從上車以後，一直就嘮嘮叨叨地不停，引起同車旅客的輕視，甚至有人前往無聊搭話；而後座的兩位小姐，態度莊重自然，或看書看報，或欣賞窗外風景，言語適當，行爲檢點，使同車一般年輕人不敢側目輕視，而生敬畏之心。前者，結婚後難免被人譏爲長舌婦；而後者才是被人敬重的淑女型。

我國素被稱爲禮義之邦，尤重男女之分際。處在今日之社會，男女社交活動，固然公開、平等；但女性總應以保持賢淑端莊的風範爲主。例如：衣着不可過於暴露，言語尤宜小心，舉止適當，體態合時，自然贏得男士的敬重，減少不良份子的覬覦之心；否則，一味崇洋，多言浮躁，衣着暴露，行爲放恣，就難免遭受他人的輕視了。

（七十年七月十五日中華日報）

關心國事

古話說：「秀才不出屋，能知天下事。」

爲什麼秀才不出家門，就知道世界的大事呢？因爲他們學問淵博，知識豐富，交遊廣闊，觀察敏銳；尤其關心國事，熱愛同胞，讀萬卷書，猶如行萬里路；所以對於事事物物，分析得非常清楚，體驗得精細密切，自然要比一般人識多見廣，勝人一籌了。

三國時蜀相諸葛亮，早在未出茅廬以前，就能算定天下大勢，鼎足三分——「大夢誰先覺，平生我自知。」已經把天下之事瞭如指掌；所以劉備三顧茅廬，一定要把他請出來，以便中興漢室。

宋代范文正公爲秀才時，卽以天下興亡爲己任，他曾說過兩句名言：「先天下之憂而憂，後天下之樂而樂。」顧亭林公也說過：「天下興亡，匹夫有責。」蔡元培先生進而闡述：「讀書不忘救國；救國不忘讀書。」胡適博士告訴讀書人要「眼到、口到、心到、手到。」主張「爲學當如埃及塔，要能博大要能高。」

以上這多位偉大、賢哲，他們的嘉言、寶訓，都是告訴青年人不要讀死書，必須學以致用；尤其要有國家民族觀念，正如先總統　蔣公所訓勉的：「堂堂正正地做人，切切實實地做事。」他們的言行，爲後人敬仰，使讀書人奉爲圭臬。

現在時代進步，教育普及，學校林立，一般學生爲升學而讀書；只要將來能升學，更上一層樓，自然有良好的前途。因此，對於國內外大事，往往不予注意；有些家庭只看電視連續劇，而不看新聞報導；不但不明瞭國際局勢，連國內外大事與本身利害關係的，也被忽略了。

民國六十六年七月七日范園焱義士駕米格機來歸，這是轟動國內外的大事，臺灣地區高中入學聯考，有些考區的作文題，本來都已擬好，臨時改變以范義士駕機來歸爲題材，命題作文，這是一個可考出學生作文的實力，和能隨機應變的題目。

據報載有些考生的作文試卷，寫得密密麻麻，琳瑯滿目，講得頭頭是道；有些考生不明義士駕機來歸的詳情，只是搔耳撓顋，摸不着頭腦；還有些考生，在臨考前夕，爲着趕緊準備功課，家長們不准看電視、讀報紙，連投誠義士的姓名都不知道，根本無法下筆；只好雙手摸白紙了。

要知道國者人之積，國民係寄托在國家之內，國家進步強盛，人民才有生存自由可言。處此二十世紀的大時代，國際局勢的變動，都會影響到其他國家的政治與經濟，甚至還會影響到個人的生活，無論士農工商，都應該以國家的利益爲前提，以反共抗俄爲職志，要愛國就要關心國事，再不能過着古人那種隱士生活了。

宋儒張横渠勉勵讀書人，要「爲天地立心，爲生民立命，爲往聖繼絕學，爲萬世開太平。」這是何等的豪情壯志。明人顧憲成有副聯語：「風聲、雨聲、讀書聲，聲聲入耳；家事、國事、天下事、事事關心。」這正是讀書人的好榜樣。

先總統　蔣公曾訓示我們：「時代考驗青年；青年創造時代。」教我們要做一個頂天立地之人，去創造繼往開來之事業，這種期許與厚望，又是何等深切。

這一代的青年，都是在自由復興基地長大，沒有身受日本軍閥的高壓統治，也沒有目擊大陸共匪的血腥暴行，可以說是中華民國有史以來最幸福的一代。由於目前政治環境的自由安定，和經濟建設之繁榮進步，大家都享受到現代化物質文明之成果，過着自由自在的生活，在大有爲政府領導之下，在父母兄姊的照拂之中，竟不知饑寒爲何物。——有溫暖的家庭，有良好的讀書環境，將來更有充分的就業機會，大家實在也太幸運了。

如果拿我們現在所享受到自由幸福的生活，來和大陸青年相比，那他們眞是如隔天壤；難怪有些來臺的反共義士，看到臺北街頭不須憑票排隊，就能自由購物，目爲奇事；因爲只有失去自由的人，才知道自由之可貴。

青年是國家的中堅，青年學生更是國家未來的主人翁。讀書的眞正目的，不是爲個人爭取升官發財的機會，而是要儲備將來爲國家、社會服務的實力。趁此大好時光，我們一方面要聽從師長的訓誨，努力讀書；更要敦品勵行，關心國事，立定救國救民的大志，在在以國家民族為前提，以讀書報國為宏願，堅定反共抗俄必勝的信心，以光復大陸為職志，身心健全，手腦並用，這才是時代青年的模範。

（六十七年十二月十五日自強日報）

吟詩起時

翻開若干報紙的社會新聞，常見有不良少年兇殺、鬥毆和結伴滋事的情事，而社會上更常有搶劫、偷竊、和勒索、強暴的新聞。黑道份子，竟私藏槍械，膽敢和公權力挑戰，給社會治安亮起了紅燈，有心人士，早已發出浩歎。

現在政府除加強學校教育外，正鼓勵人們多讀書，充實一般國民精神生活的內涵，培養和樂安詳的氣氛，以造成書香社會。多讀優良的圖書，除增加學識以外，更可以養成青少年中正和平的習性。一個知書達禮的人，自然不會去爲非作歹了。

我以爲除提倡讀書風氣以外，更要鼓勵人們多吟誦唐詩。詩教的功效，對培養國民優良的德性，既深且遠。有人說，學琴的孩子不會壞。我可以說，學詩的青少年可以變化氣質。詩歌是人類最精鍊的語言，可以言志，可以抒情，更可以修養心性。唐詩宋詞是中國文學的特色，爲西洋文學所不及；由於科技的發明，現在坊間有各種詩詞錄音帶發售，買來對照吟哦，學習非常方便。

現在大家生活水準均已提高，音響、錄影設備、電視機、錄音帶、唱片固可隨意購買；但唐詩却不可不讀。俗話說：「熟讀唐詩三百首，不會吟詩也會吟。」如果一般家庭間，都能購買唐詩錄音帶欣賞，從小培養兒童對詩歌的文詞和韻律發生興趣，暇時收聽吟哦，能自幼注重詩教，勤習詩歌，以培養其眞善美的情操，和中正溫厚的德性；而學校裏也編有詩詞教材，接受五育並重的教育，從而因勢利導之，自然可以變化氣質，具有高潔的心靈和優美的生活情趣；更可以減少閱讀不良書刊，或走入邪門尋求不正當的刺激。年輕時候，卽已養成完善的德性與純潔的心靈，溫文爾雅，允武允文，在社會上自不會作奸犯科，打架滋事。如此，便可以根絕不良少年，與減少犯罪記錄。大家都是健全的國民，與大國民的風度，社會上也就和諧進步了。

至於成人們，在這工商業繁榮進步的社會，大家都是緊張忙碌，物質生活固然美好；但心靈生活每感空虛。追逐聲色犬馬，只是借酒澆愁，寂寞空虛，緊張急躁的心情仍然存在；唯有讀詩吟詩，才可使人溫柔敦厚，中正和平，充實心靈世界。往往在欣賞或吟誦古詩中，可以發抒心中的情感，或與古人心起共鳴；因爲詩更可使人思想純正，感情眞摯、精神和諧、意境優美，經常陶醉在詩歌的領域裏，是一種高尚的休閒享受，工作效率自可提高多了。

所以，我們要發揚中華文化，改善社會風氣，變化個人氣質，和充實空虛的心靈，非多讀古詩與重振詩教精神不爲功。因此，吟唱詩歌，無論對國家、對社會、對個人均有助益；而對兒童、青少年、成人同樣大有幫助。讓我們一起來讀詩吟詩吧！

（七十三年九月二十六日商工日報）

善用小本子

在一次文藝座談會上，名作家趙滋蕃先生告訴大家：我們要從事寫作，必須隨身携帶一個小本子，說罷，他伸手作掏摸狀。他說：凡是日常所見所聞中，最突出的人事物，都要隨時筆記；而且這個小本子，必須加以整理分類，每週更換一次，蓄積作爲寫作的素材；如此經年累月，我們就不怕沒有寫作的材料了。

隨後，我們便討論到寫小說的層次問題，大家一致認爲：一篇成功的小說，應先有生動的人物，再由故事加以貫穿；而且內容重於形式，以免流於有文無實的空殼子。要想內容豐富，必須擴充我們的生活經驗，隨時蒐集寫作的材料，而材料的蒐集方法，就靠這種小本子了。

唐代鬼才詩人李賀，他常騎着一匹小驢出遊，遇到想好的詩句，便寫下投入隨身的小囊中；返家後，再加整理，便寫成許多美好的詩章，後人傳爲佳話。

西洋作家善用小本子的，更不乏人。

海明威曾說過：「作家的口袋裏，不能離開紙和筆。」他蒐集寫作的材料，當然是靠小本子。

英國名作家斯蒂芬蓀說過：「我的口袋裏，經常帶着兩本書：一本是我最愛讀的書，一本是筆記。」

托爾斯泰最喜歡寫筆記，他說：「我寫的筆記堆積起來，比我的著作還要多，有些材料，從來沒有寫進文章裏，但我已經養成了習慣，非寫不可。」

因爲一個人的記憶力有限，要想寫作材料豐富，寫來得心應手，必須平時多加蒐集。大本筆記簿携帶不便，只有依靠這種小本子了。

我不是什麼作家，但我喜愛文學，有時手癢，也喜歡塗塗抹抹的；因此，我的口袋裏，也離不開紙和筆。我平時除自訂兩份報紙以外，每天還要瀏覽好幾種報紙副刊。看到有好的材料或文章，必須馬上用筆記下，隔天設法把它剪存下來，或到報攤上補購。有些美好的詞句，自己不善運用，便隨時把它記下來，作爲鍊字度句的模式。有些不易發現的文學典故，更須逐段摘要抄寫，時間來不及便記明報刊版別，隔天再行補閱。其他重要社會新聞，國內外大事，也都在筆記之列。所以我胡謅的一些作品，有時是補綴材料拼湊起來的。

有人說，老年人的特徵有三：第一、是記憶力減退。第二、凡事記不清。第三、說着、說着，自己全忘了。我雖年逾知命，不敢言老；但我頗有類似的健忘症。所以我的小本子，除了蒐集寫作的材料以外，更是個人日常生活的備忘錄。

我在學校要擔任幾個班級的教學，又兼任行政工作，一天中雜務又多，一個腦筋實在不夠用，這個小本子就幫了我很多忙。

凡是學生提出的問題，當時不易答覆；或是要考證的典故、要查考的字詞；那班要準備平時測驗，那個學生要個別輔導，我都記在小本子上，以便屆時個別處理。

平時私人要辦的事情，要寄出的信件，要購買的書籍，要撰寫的題綱，也都分項記載，以免臨時遺忘。

我在假日外出購物，或出遠門，要辦的事件，前一天就要想出記好，以免臨時事忙遺漏。進商店買東西，總要掏出那個小本子來，才不致有所失誤。

有一次，買了兩樣東西欲出店門，那位店員小姐招徠有術，閒話之餘，硬是要我掏出那個小本子，再檢查看看，有沒有漏買的物品；原來我的生活習慣，她已完全摸清了。

另有一次進城，只見車水馬龍，市聲喧擾，一時思緒紛亂，竟不知要從何種物品買起？臨時摸摸口袋，原來換衣服時，忘記帶小本子來，使我更覺茫然。

「那您可以再想呀？」在身旁的孩子提醒我說。

當時，我只是猛敲腦袋，一時就是想不起來。結果一些小東西大都買好了，而把要辦的要事給忘了，只好下次再跑一趟。

由那次親身的經驗，使我想起韓非子書中的一個故事：從前鄭國有個要買鞋子的人，自己先在家中量好鞋樣，以便屆時照着式樣購買；等到趕往市集後，因忘記帶鞋樣去，硬要再回家拿取；後來因市集散場，終於沒有買到鞋子。

世界上竟有這種不相信自己現成雙脚的人，這雖然是一則「捨本逐末」的寓言故事；然而數千年後，竟應驗到我的頭上，我竟不相信自己現成的腦筋了，可見我也一樣糊塗。

基於自己腦筋如此不管用，多年來我一直帶着一本活頁小本子。遇有閒空坐下後，便掏出來逐條檢討，隨辦隨撕；所以做事很少有所差池，更養成做事細密的習慣，就是利用小本子所收到的效果。

我有一位同事，受人之託，忠人之事。人家拜託他代辦的事情，從來沒有誤事或忘記；經探詢結果，他早已有這種小本子了。

所以，要想蒐集寫作材料，增長知識；或是事務繁忙而好健忘的人，不妨採用隨身携帶小本子的辦法，隨時筆記，一定有很好的效果，而辦事更不會失誤，以致產生煩惱。

（七十二年六月一日中國語文）

教然後知困

莊子曰：「吾生也有涯，而知也無涯，以有涯隨無涯，殆已。」我國有五千年的歷史文化，載籍浩瀚，以人生數十年短暫的生命，要想讀完汗牛充棟的古籍，實力有未逮。所以有人認爲，讀書貴在專精，要知所選擇，更要講求讀書的方法，以求學以致用。

一般人士，只須求取普通知識，能應付生活所需，便可滿足；各行各業，也只須專門知識即可；而身爲教師的，負有「傳道、授業、解惑」的重任，就非要有高深的專業學識不爲功；否則，照本宣科，隨課應付，難免誤人子弟，更遑論樹人的大計了。

以當一位國文老師來說，只要取得教師資格，對所授課程，稍加準備，即可上臺施教；可是，要想當一位像樣的國文老師，至少對教學無愧乃心，使學生能有眞實的心得，說來頗不簡單。

我國文字深奧，國學艱深，不談篇章結構，即以普通文字的形、音、義而言，能夠徹底了解，再去教人，實在非下一番功夫不可；而文法學派紛歧，各宗其說，更非有一番通盤的了解；否則，只是人云亦云，言人人殊，勉強應付而已。

教學將近二十年，國文課本內很多篇章，自己差不多都能背誦，應該夠格稱得上「教書匠」；如果眞正如一般人所戲稱的，以「匠」自居，變成販賣知識的行業，那便是褻瀆我國歷史文化，更是看輕自己了。

我除充任教職外，別無其他副業，平常以讀書、看報作爲個人的進修和消遣，自問對本身工作，尚能勝任。但是，等到一上講臺，打開教本，雖說歷屆都曾教過，甚至沿用舊有教本，應該沒有問題；可是，國文課本常有更新，補充教材，自當隨之變換，且每年教學對象不同，教學方式，當亦隨之改變，要想游刄有餘，仍須作充分的準備。往往一個典故，一首詩詞，一句成語，一字音義，只能一知半解，無法明白交代，自慚所知太少，一時頗覺汗顏。

禮記學記篇有云：「學然後知不足，教然後知困。知不足，然後能自反也；知困，然後能自強也。故曰教學相長也。」從這段話裏，可知學海無涯，愈鑽研愈感自己學識之不足，經過自己走上講臺以後，才知道教學的困難。所以孟子說：「人之患，在好爲人師。」俗話說：「活到老，學到老。」要想當一位稱職的老師，爲人師表，作育英才，頗不是簡單的事。

古話說：「書到用時方恨少，事非經過不知難。」不但當一位國文老師，對本身的學識與教學方法，要有推陳出新的創見；其他各科老師，亦莫不皆然。由於時代的進步，科技發展，日新月異，外國人已向太空發展，而我們仍然墨守成規，步人後塵，已經跟不上，何能迎頭趕上，力圖創新？

「知困，然後能自強也。」既然知道自己學識太少，體驗到教學的困難，就應該多多讀書，自強不息。中華文化，歷久彌新，我們應該薪火相傳，以求發揚光大；而科技的發展，尤須特別加強。處此太空競爭時代，惟有謀求科技的發展，才能富國強兵，造福國家社會。

所以，當一位教師，首須充實本科學識，多多讀書，增加生活體驗，庶幾在講臺上，才能從容教學，勝任愉快。既要作經師，又須爲人師，以負起「傳道、授業、解惑」的重任。

（七十二年二月七日中華日報）

發揚節儉美德

古代社會的人們，大都講究樸素，生活簡單，不尚奢華；把節儉二字，列爲一種美德，千古以來，成爲治國興家的明訓；可見節儉觀念，受人們之重視。

一個人如果生活節儉，卽可積少成多，由窮人變爲有錢的人，甚至可以由貧致富。以此持家，必可改善生活，甚至可以創業興家，繁榮社會，爲大衆帶來幸福。

俗話說：「萬丈高樓平地起，萬貫家財分毫聚。」節儉，也就是儲蓄，它本身就是一項財源，而且是致富的秘訣。西人富蘭克林說：「致富的不二法門，就是使你的支出，比你的收入爲少。」因此，日常生活用度，能省一錢，便存一錢，積砂成塔，積腋成裘，便成一筆大財產。很多人創業興家，大都從刻苦節儉中得來。平常節省不必要的開支，講究用錢方法，用一錢，有一效，甚至一錢當做兩錢用，把節儉當做一種歲入；時日一久，積小錢而成大錢，由大錢而經營發展，個人經濟基礎，就很可觀了。

節儉雖然是一種美德，可是一般習俗，反而鄙薄它。往往看到許多人家的上代，好不容易從刻苦中興家；等到他們的子弟繼承家業以後，便一反先人的遺緒，生活闊綽奢靡，惡勞好逸，只知花費金錢，不知節省儲蓄，衣食貪圖享受，一擲千金在所不惜，經常不事生產，坐吃山空；以致將祖先多年之創業，盡毀於一二人之手，殊爲可惜。

有些人，自己不知節儉，任意揮霍金錢，以爲自己有錢，便可隨意花用。看到別人省吃儉用，刻苦興家，却譏笑人家用錢小氣，太過於慳吝鄙嗇，沒有像他那樣地用錢大方，反而輕視人家，這就更不應該了。

不過，節儉的意思，是敎我們用錢時當用則用，不當用則省；不是敎我們不必用錢，或是太過於吝嗇。好比普通生活水準，日常交際應酬，應該按照一般習俗行事；不可只進不出，或者太過於節省，變成守財奴；這樣一來，人家便會譏諷你太猶太了。

以前在農業社會時代，一般人民生活水準低劣，且因連年戰亂，生活動蕩不安；然大家却能以勤儉節約相尙，一粥一飯，常思來處不易，對眼前衣食，大都珍重愛惜。男耕女織，刻苦興家，社會上表現一片純樸和諧的現象。

但自社會型態變遷以後，由農業社會演進到工商業社會，由於國家經濟起飛，社會繁榮進步，一般人們，生活水準也相對提高，此當爲良好之現象。復因現在就業賺錢，比從前容易，大家生活舒適，中年人享受社會進步之利益，對勤儉古風，漸感淡薄；尤以一般年輕人，不知老一輩人們的生活困苦，一反從前節儉純樸的風尙，衣著力求奢華，生活趨向奢靡，有錢隨意揮霍，甚至過於浪費。這情形，看在老一輩人們的眼裏，實在很不習慣。

當然，國家建設進步，社會經濟繁榮，利益爲人民所共享；我們沒有理由，不求生活舒適，再過從前那種貧困的日子。但是，人生的目的，不全在貪圖物質生活的享受，對精神生活的提高，亦不可忽視。比如讀書進修，增進自己的知識水準，崇尙倫理道德，發揚中華文化；增產報國，造福地方，更有賴於節約儲蓄。莎士比亞說：「節儉是窮人的財富，富人的智慧。」這財富與智慧的獲得，就有賴於我們國民觀念的改變。如果大家都來發揚節儉的美德，把積存的金錢，投資作國家建設的用途，使我們的工業升級，社會更加繁榮；那麼我們的國家就更加富強，人民的生活環境，也就更加優裕了。

有首流行歌曲裏有幾句唱詞：「多少人流血流汗，大家才有今朝……」大家富裕生活的獲得，還有賴於大有爲政府的領導，我們應該感謝國家和政府的德政。古話說：「皮之不存，毛將焉附。」沒有國，那有家，唯有國家富強，國防軍力充實，才能保障人民生命財產的安全。反之，國家不保，自己的財產再多，亦將隨破釜沉舟，趨於幻滅。

因此，我們要富足再富足，繁榮更繁榮，有了足夠的財力，才能配合軍事力量，反攻大陸，光復河山。大家在衣食溫飽之餘，要不忘先人節儉的美德，有錢常想無錢日，戒奢靡，尙節約，把多餘的金錢，儘量儲存下來，以備不時之需。這樣，對國家、對自己都有好處。只有勤勞節儉，才是致富的大道，幸福的甘泉。節儉二字，不但是個人立業的基礎，更是國家富強的根源。

（七十一年一月十八日中央日報）

王太太的存摺

小王自從認識老張以後，生活便一反常態，從前在公司裏上班，認眞負責，很得總經理的賞識。近月來，他坐在辦公室裏，整天無精打彩，一副魂不守舍的樣子，使得同事們對他另眼相看，猜不透他心頭的死結。

而王太太呢？對丈夫的行動，更生疑慮。從前，一家人和樂融融，生活還算過得去；近月來，他的薪水袋不但不拿回家，甚至還找太太要錢用。

「我那來的錢？你每個月的薪水呢？」王太太再追問說：「還有，從前標會的會款，和每月的加班費，都沒有看到你拿回來，怎麼還找我要錢呢？」

「我那能不救人家的急？」他向太太解釋說：「只怪老張嘛，他太太長期住院，偏偏又被人倒了一筆錢；不然，他那個家便撐不下去了。」

「那你自己的家就不顧了？」

「太太，我那會不顧家，這只是短時間而已。」他理直氣壯地表示：「再說，朋友有通財之義呀！」

每次，他都設法找藉口，反正他沒有錢拿回家，平常垂頭喪氣，好像有重大的心事。

王太太看在夫妻的情份上，只好省吃儉用，暫時向娘家人借貸；直到有一天債權人找上門來，才揭穿他的底蘊。

說起來，都是賭博害了他，他那裏去救老張什麼急；反而被老張拖下水了。

怎麼辦？欠人家的賭債不得不還；否則，就有他好看的。一般親戚朋友，都被他借錢不還，失去信用；而且人家知道他沉溺賭博，現在再也借不到錢了；沒有法子，只好待在家裏乾着急，出外見不得人。

後來，還是夫妻間的感情深厚，又遇着個有錢的丈人，才設法把賭債還清。

「不過，只有這一次，」他岳丈教訓他說：「如果你還要去賭博，我再也不管你了。我的女兒只好接回家來住，死活在你自己了。」

「爸爸，以後如果還是這樣，聽憑你老人家處置好了。」小王也痛加自責，一副懊悔不堪的樣子。

可是，說歸說，做歸做；不久，他便故態復萌了。

像這樣的人，誰還會看得起他。再說，賭博像個無底深淵，再多的錢，也塡不滿這個大漏洞的。

爲了沉溺賭博，他不但毀了自己，也幾乎毀了這個家。現在，他無法向人家借貸，公司裏的工作，也險遭解雇。

王太太弄得焦頭爛額，準備帶着孩子一走了之。幸虧遇着了小王的一位老同學，經過他的開導和規勸，費了一番口舌，才使得小王迷途知返，痛改前非；從此，他決心戒賭了。

俗話說：「浪子回頭金不換。」小王眞的洗手不幹了。他把後山那塊地，雇工開闢，增加生產，緊縮開支，才挽回家庭的經濟危機；三年下來，積存也不少了。這情形看在王太太的眼裏，心裏更加喜悅；於是，她也出外找個工作，平時刻苦興家，暗中把錢積下來，以備不時之需。

他們家中的老屋，也不堪居住了，眼看人家都住新樓房，自己也想買棟新房子；可是，算起來房款仍然不夠。王太太不好意思再向娘家人開口，決心自力更生，想爲自己爭一口氣。等到小王又在愁眉不展時，她便開腔了：「那你可以找朋友借呀？」

「我那裏還有朋友，誰還肯借錢給我呀？」他套句西洋人的話很感慨地說：「『朋友只有三個：老婆、老狗和現鈔。』現在，現鈔缺少了，和狗打交道無濟於事；看來，只有仰仗你這位老妻了！」他說罷兩眼望着太太。

「你現在才知道儲蓄的重要了吧！」王太太揶揄丈夫說：「朋友救急不救貧；再說，你已經對人家缺少信用了。」

「太太，再不要談過去的啦。現在，還缺少了十多萬元；如果妳能湊到這一筆，我們便有新房子住了。」看樣子，他對太太蠻有信心似的。

王太太看到丈夫眞的在創業興家，而且家道有爲，便從箱籠裏拿出一本存摺給他：「喏，都在這裏，數目總該夠了吧！」她對丈夫的體貼和用心，實在使小王深受感動，做事也更加勤奮了。

現在，他們不但有新房子可住；而且，更有光明的遠景。

（七十二年四月一日達新雜誌第六十二期）

保持沈默的風範

有人說，人長着嘴巴，是要說話的；如果有話不說，憋在心裏，不但難過，而且會悶出病來。

這句話乍聽起來，好像頗有一些道理；但是，又有人說：上帝造人，只塑造一張嘴巴，却長有兩隻眼睛，兩個耳朵，意思是要我們多看、多聽、少講話；如果非講不可的話，應該經過觀察和思考的結果，然後發而爲言，才比較中肯、動聽，也比較有意義。

一個人如果整天絮聒不休，見人便嘮叨不停，不但耗費精神，而且惹人生厭。因爲好話只有那麼幾句，沒有經過大腦思考發出來的語言，雖說不一定全是廢話，可取之句，畢竟不多；所以古人說，言多必失，凡事以少開口爲妙。

還有一些人，自己不多在修身、愼言上下工夫，偏偏好管人家的閑事，常批評別人的不是，總以爲自己所作所爲全是對的，處處在表現自己，壓制別人，往往遭到別人的杯葛，使自己下不了臺；這正應了我國的一句古語：「是非總爲多開口，煩惱皆因強出頭。」愛出風頭，愛講閑話的人，一定會招致許多無謂的煩惱。

有人說：「一句話有三十六個角，角角能傷人。」因爲講話的人，只顧到自己要說，不管別人聽後感覺如何；所謂言者無心，聽者有意，得罪了人，自己還不明白；所以講話時要站穩自己的立場，也要顧到別人的情面，爲自己着想，也爲他人着想，面面俱到，才不會招致傷人而不自知的後果；這就是我國的古諺：「病從口入，禍從口出」的註脚。

外國人高斯有句話說：「未出口的言詞，決不會致害。」這句話的意思，就是要我們凡事要經過腦筋思考，當說則說，不然，只好話到唇邊留半句，或者乾脆不說；因爲無言是談話的最大藝術，知應言之時者，亦知應默之時。梁實秋先生在雅舍小品裏說：他有位沉默寡言的朋友，有一次來家拜訪，因爲客人有沉默的習慣，他也陪着守口如瓶，自進門到送別，茶喝三杯，煙抽半盒，兩人默默相對，彼此不交一語；然而老友敍舊，兩人莫逆於心，一切話語，盡在不言中，眞是妙人妙事，爲人生中最高尚的生活境界。拉丁人有句諺語說：「保持沉默，別人將以爲你是一位哲學家。」這種修養功夫，的確非常難得。

孔子說過：「巧言令色，鮮矣仁。」凡是好說討人喜歡的話，裝出討人喜歡的臉色，這種人很少會有仁心的。在日常生活中，寫出來的字句，可以焚燬廢棄，只有說出來的話語，無法再收回來。多話的人，往往逞一時之快意，難免暴露自己的弱點，所謂「滿罐搖不響，半罐響叮噹。」

這種人很難受到他人的尊重。

德國有句諺語說：「言語是銀，沉默是金。」說話固然重要，保持沉默更重要，因爲忍耐與緘默是誹謗最好的答覆。古時候，在周朝太廟的前面，曾鑄有一個金人，三緘其口，不發一言，在背上寫着字說：「古之愼言人也。」這就是警告世人少說話的好榜樣。

不過，保持沉默，也要有一個沉默自由的環境，生活在自由地區的人，可以有不說話的自由；只要你不作奸犯科，就是你閉臭嘴巴，也無人來干涉你；反觀被關在鐵幕裏的同胞，他們不但沒有說話的自由，連不說話的自由也沒有。在鐵幕地區裏，你想保持沉默，還無法得到哩！

總之：保持沉默，是要人多觀察，多見聞，謹言愼行，多多充實自己；如果見有不平之事，儘可堅持原則，仗義執言；或在會議場中，要求集思廣益，保持沉默是疏忽自己之職責；若是登臺演講，更可以慷慨陳詞，當仁不讓；要是作學術討論，更應該格物致知，窮鑽力研。不過，講話的態度，總要保持君子的風度，尊重自己，也敬重他人；若是逞一時之口快，自以爲舌粲蓮花，動輒以言語傷人，這是爲智者所不取的。

一個人如果能夠經常保持沉默的風範，多修養自己的品德，充實學問，增廣見聞；等到有機會發言時，往往一語中的，恰如其分，不鳴則已，一鳴驚人，這才是現代靑年所應保持的風範。

（六十七年五月三十日南投靑年第一一八期）

飯桌上的沈思

我因腸胃欠佳，對於飲食，養成定時定量的習慣。如果飯吃多了，消化不良肚子脹；吃少了，不久又會饑餓；所以每日三餐，大都只好八成飽。本來，「瞎子吃湯圓，自己心裏有數。」平常，我大都能暗自記住飲食份量，不會過多或過少；但是有時候與家人談話，談得高興的時候，往往忘記自己吃過幾碗飯；所以我常詢問妻兒，我到底吃下多少？常常引起笑料。

有時候，在飯桌上沒有與家人交談，也會忘記自己的食量，並不是自己腦筋缺乏記憶能力，而是我常在飯桌上陷入一片沉思中。不但在家中如此，有時在外參加友人的喜宴，或公家的餐敘，或在朋友家作客，也都有如此現象。

我是在農村中長大，中國人的傳統，一向節儉，而當時大家生活水準都不高，一日三餐總是先求把肚子填飽，而營養居次，從小就養成「吃飯」的習慣。平常在家，我可以按照自己的飲食習慣，自由進餐；偏偏現在的宴會，大都只有酒菜，而無飯食。怕餓的，可以多吃兩片麵點充饑。有的宴會，連這些點綴食品，也乾脆免了。不過，有些飯館好像員賣飯，每當酒荼闌珊之餘，常有侍者問誰是「要飯的」？本來，我盛裝赴宴，或花錢送禮，或參加餐敍，却往往變成「要飯的人」！

現在，由於國內經濟成長快速，民生富庶，社會安和，人民生活水準提高，大家都在飲食上貪圖享受。根據報載：只是七十三年一年，臺北市就增開五百三十一家飯店，消費二百一十億的吃錢；七十二年七月至七十三年六月，臺北市餐飲業的營業額爲一百三十二億八千一百萬元，這筆吃掉的錢，可以造一條南北高速公路；至於全省餐飲業的耗費，數字更爲驚人。

本來，人民豐衣足食，足以表現經濟的發展和國力的充實；但如不求節制，則將腐蝕經濟，影響國力，戕賊人心。有錢固大可以享受，我們沒有理由，再過從前的苦日子；但是國人目前的飲食，已經到了奢侈浪費的地步。一般人飲宴無度，表現出一副暴發戶的心態。這一代的年輕人，生活在經濟繁榮而安定的社會，不知饑寒、戰亂爲何物，成人們經常油膩肥鮮，山珍海味，吃得大腹便便；而兒童們鷄鴨魚肉吃膩了，端起碗來不想吃飯。一般高級宴會，不僅是所謂滿漢全席，甚至有人喝白蘭地像喝汽水一樣，一般人「灌」人家的啤酒，好像是不花錢的白水。一盤只動過幾下筷子的大餐，吃不完乾脆倒掉，使社會習於浮華，飲食日趨奢侈。

我是一名普通公教人員，沒有參加過高級宴會；但也免不了參加一般喜宴或餐敍，常以參加「有謂應酬」爲苦。宴席間，往往陪着枯坐一兩小時，不能脫身又陷入沉思中。我不善杯中物，固非滴酒不沾；但只有一小杯飲量。人家向我敬酒，我只能舉杯沾脣；我不能向人家回敬，只好連聲陪罪。滿桌佳餚美味，我也只是每樣動動筷子，總想找碗飯來吃。我這樣做，並非自視甚高、自抬身價；也不是有意模仿古人，像晉代何曾那樣：「日食萬錢，猶曰無下箸處。」而是自己腸胃牙齒欠佳，美味無法享受；同時自覺日常飲食，已夠營養，不必再大吃大喝，增多膽固醇，致罹重疾；而時間的浪費，更是一項損失。

一般基督教徒，在進餐前必禱告謝恩，感謝上帝的賜食。我常常在飯桌上告訴孩子們，這頓飯得來不易，應該說謝謝大家。回憶在抗戰期間，一般鄉村人民，菜裏面不但見不到油膩葷腥，連鹽巴也沒得放。飯碗裏有挑不完的穀子和砂粒，三餐只想塡飽肚皮，那裏還談什麼營養？小孩子如果有一粒米飯掉在地上，大人們必喝令撿起吞下，大家都遵守「一粥一飯，當思來處不易」的古訓；那裏像現在一般的孩子，飽食煖衣，驕生慣養，不愁吃，不愁穿；甚至喜歡挑嘴、偏食，動輒這不吃，那不吃，而吃起蘋果來，就像我兒時啃生蘿蔔、生蕃薯一樣。就因爲像這樣在飯桌上想多了、講多了，常使我忘記自己的飯量。

現在兩個孩子，已出外讀書，妻在晚飯時，捨不得放棄電視節目。我一個人有時面對着一大桌菜餚，自感飲食未免「過福」；因此，常使我陷入沉思中，甚至有食不下嚥之感。我想起了大陸上的苦難同胞，饑寒交迫，求生不得，求死不能；想起了衣索匹亞的餓殍，嗷嗷待哺的慘景，想起了泰越邊境難民逃生的苦況，想起了黎巴嫩的戰亂，和兩伊戰爭的胡鬧，……而我們反共復國的大業，擔子比別人更重呢！

從前，春秋時代的潁考叔，接受鄭莊公的賜食，席間捨不得吃肉，請求帶回孝敬母親；因此感動了莊公，母子得再團圓。

宋代歐陽修的父親歐陽觀，逢年過節，常會痛哭流涕：「以前吃不飽，現在衣食有餘，却又來不及奉養母親。」他每次嘗到美味，總是想起母親。

我的母親，是一位平凡的的女性；但愛子之心，超過一般母親。她爲我小時多病，從此許願吃素。打從我有記憶時起，從未見母親吃過一塊魚肉。每頓吃飯時，總是端着一碗素菜，在我和父親的餐桌旁孤單進食，一生未享受到一點口福。此情此景和愛子素食的恩德，使我終身感念難忘。

我離家時，丢下母親一人在家，乏人奉養。近年輾轉得知噩耗，母親早已去世，喪事係由一位房叔代爲料理。不孝之罪，慘痛莫名，尤其在一人進食之時。

我常交代妻，在兩人進餐時，最多三菜一湯，餐桌上只要有點葷腥卽可，不必過於講究。像這樣的白米飯，以前不要菜就可扒下幾碗；如果大家都能知福惜福，節省浪費，則國家社會將更爲強盛富裕了。

（七十四年四月二十五日臺灣日報）

不為姓名煩惱

前讀那宗訓先生大文——「姓的煩惱」，不覺深有同感：我不但「姓」有煩惱，而「名」的煩惱尤多；不過，我已習以為常，不為姓名煩惱。

那先生的尊姓「那」字，應讀國語第一聲「ㄋㄚ」；但多數人都把它讀成第三聲「ㄋㄚˇ」，或第四聲「ㄋㄚˋ」的；使得那先生應也不是，不應也不是，好生為難。

由於讀音錯誤，連帶有人把他寫成「挪先生」、「拿先生」，甚至「納先生」的；更由於字形的誤認，有人把他寫成「邢先生」「鄒先生」；甚至還有人當面問他：「你不是姓『邢』嗎？怎麼會姓『那』呢？」世界上居然有人否定別人的姓氏，您說那先生煩不煩？

且說在下——「柴世彝」，姓名中除世字以外，其他「柴」「彝」二字，常使人混淆不清，錯認誤寫，也曾造成我的煩惱。

照說，「柴」是一個很普通的字，國小初年級的學生都認識，您沒有用過「火柴」嗎？可是偏偏有人認爲我姓「紫」，不姓「柴」。我常收到寫給「紫××」的信件，那只是一些不認識的朋友，或外地寄來的書刊，「柴」、「紫」錯寫，情有可原；可是竟有和我共事多年的同事，雖口稱「柴老師」，却在黑板或簿本上寫成「紫老師」的，且屢見不鮮。

每當我初敎一個班級的作文，敎學生在簿本上先寫好老師的姓名時，因爲有多年學生錯寫我姓氏的經驗，我特別聲明我姓「柴」，不姓「紫」，並把我的姓名「柴世彝」三個字用大字寫在黑板上，請他們不要寫錯，並且再鄭重叮嚀一次；可是收回的簿本上，仍然有把我寫成姓「紫」的。我不知道在心理學上究竟作何解釋，爲甚麼一個筆畫簡單的「柴」字，總會有人誤認或錯寫成筆畫較多的「紫」字呢？如果說是懷疑有人姓「柴」，難道說一定有人姓「紫」嗎？

寫在簿本上、信封上看的人比較少，可是我的筆名「柴扉」，常被排成「紫扉」。柴扉就柴扉吧，反正是筆名不是姓名，錯一兩次沒有關係；可是等到寄來的稿費單，也有把收款人寫成「紫××」，使我在郵局兌不來稿費，經過幾番周折以後，才把它領到手，增加很多無謂的麻煩。

每年老師們要奉派參加作文比賽，十多年以前我好不容易在縣內得到中學敎師組作文第一名，先是報紙上把我的名字排錯；事隔數月，當我再參加省賽，得到全省中學敎師組作文第三名時，報紙上却把我排成「紫××」；我不知是發稿人的筆誤，還是檢字先生的誤植。

我與新朋友見面、互通姓名時，必須費上一番脣舌，才能使對方明瞭。出外辦理公私事務，要填寫姓名時，竟有人嫌我是怪姓，一臉的不屑。

「怎麼是怪姓呢？你才少見多怪哩！」我想：我姓柴的——柴、瞿、閻、亢——可是載在「百家姓」上的。大概你沒有讀過「百家姓」吧！如果翻開古籍和歷史來看：遠代祖先不談，柴氏乃出自孔門弟子高柴之後，論語上「柴也愚，參也魯，……」即爲明證。漢代有位柴武，高祖封爲棘蒲侯。唐有柴紹，佐太宗平定天下。五代時後周皇帝周世宗，就是姓柴。宋太祖的陳橋兵變，黃袍加身，就是奪自柴家的天下；所以他在臨終時，遺命其後代，不殺柴氏子孫。姓柴的不但當過皇帝，而且贏得下代皇帝的尊重，你能說是怪姓嗎？

而且，後周時代「柴窯」中的「雨過天青」瓷，一向被收藏家引爲至寶。——「雨過天青雲破處，這般顏色做將來」，正是周世宗柴榮的御批飭造；可惜有人不明其出處，竟有被誤用爲雨過天「晴」的。

「柴」字國語本讀「ㄔㄞˊ」，與「豺」、「儕」同音；但一般人都誤讀普通音爲「ㄘㄞˊ」；所以我曾接到寫給「才老師」或「裁老師」的信件；連帶的由於讀音誤爲相近，更有人誤認我爲姓「蔡」的。再不然就是字形的誤認，把我寫成姓「梁」的。好好的一個簡單的「柴」字不寫，竟然生出這麼多變化來。

前些時有一份剛創刊的報紙型雜誌，不知道爲何如此看得起我：在同一天同一班信，我竟收到同期刊物四份。封面名條上的姓名地址，大約有三四種筆法，地址和名字雖稍有不同；所幸姓氏沒有寫錯，眞是阿彌陀佛！

談到我的名字「世彝」的「彝」字，讀爲「怡」，在字典上正寫是十八畫，並不難寫，而且中小學課本上時有出現。「彝」是古代宗廟的重器，蓋罇罍俎豆之屬。又作倫常講，如「彝倫攸敍」一見書經。鼎、彝同爲我國古代傳國的寶物，故宮博物院早有收藏。一般人不但不辨識「彝」字的音義，連帶的寫法也錯誤百出。本來這個字有正寫、俗寫之別，除掉中間左旁的「米」以外，可說是變化多端；但變化中仍須約定俗成，不可隨意書寫。一般人因爲初寫，平常缺少考究，常被寫成四不像；如果不與我的姓氏排在一起，究不知所寫何字。

「彝」，在一般報社與印刷廠的鉛字上，大都爲正寫十八畫的「彝」與俗寫十六畫的「彜」，其他字形也有，但少出現；而一般打字鍵盤上竟然沒有這個字。在我接到的打字稿中，這個「彝」字常被臨時手寫添湊，字形殊少正確；甚至被改作華、筆或其他形體扁長的字。稅捐處給我的房屋稅通知單，臨時被添作「柴世×」，字形好像又不像；後來索性不添，把我改作單名「柴世」，着我持此繳稅。我曾親往稅捐處理論，得到的答覆是打字時找不出這個字，字模要到日本去買。我聽後不禁感慨萬千，中國字要到外國買，我們爲甚麼不能自製呢？現在政府已在着手自製國字字模，而我這個「彝」字好像還是稅捐處費神老遠從日本買回來的。「柴世彝」三字的繳費通知單，至此才算名正言順了；不過，最近我仍然收到在打字名條的封套上，有寄給單名「柴世」的書刊，名字仍然被改了，使人啼笑皆非。

爲着這個名字難寫，與人解釋不清，我自己塡寫表報時，對於自己的姓名，從來一筆不苟；不但表報是如此，連寫信及一般簽名亦復如是。遇着需要由他人動筆時，我乾脆掏出自己的身分證或名片，以免被人寫錯；可是當他們照寫時，仍然皺起眉頭，常有被寫錯的，我只好越俎代庖，或再費一番脣舌。

朋友們寫給我的信件，爲着怕名字寫錯，有人乾脆寫我的筆名「柴扉」比較省事，信件仍可收到；但也有報刊給我的通知，不寫柴扉而寫「柴彝」的。在團體生活中，常有選舉甚麼代表、委員之類，往往要記名投票，人家因爲我這名字難寫，乾脆不寫，於是落選的機會很多。雖然失掉一些服務的機會；但也躲過一些麻煩。

俗話說：「大丈夫行不改名，坐不改姓。」姓氏是祖先傳下的，誰也不願意被改。姓牛的先生被喊稱「老牛」，仍然樂於答應；姓老的小妞兒你稱她「老小姐」，她也不能抗議。「兵」先生的太太姓「買」，名叫「冰」，冠上夫姓，稱爲「兵買冰」；同樣「親」太太本姓「家」，單名「妹」，冠上夫姓後，變成「親家妹」；其他如「苟先生」、「蟻小姐」、姓鬱、姓虁、姓乜、姓刁，大都習以爲常，有誰埋怨他的姓氏不好呢？

我常以姓柴爲榮，（事實上，後周皇帝周世宗，就是姓柴名榮）因爲柴姓少見，減少許多同姓同名的麻煩。而名字「世彝」二字，是我的啓蒙恩師給我取的。爲着不忘恩師的教誨——「作爲一世的鼎彝」；雖然字形難寫，而自己又沒有甚麼成就，究竟找不出同名的人，所以我仍然非常喜愛。

在「百家姓」中，雖然只有四百九十七個姓氏；但據統計全國姓氏共有六千三百六十三個，臺灣地區就有一千六百九十四姓。姓氏之奇，無奇不有，誰也不能說誰是怪姓，只是各姓人多人少而已。因爲大家給孩子取名時，盡挑些好字眼來用，男的如「英、雄、豪、傑」；女的如「珍美、麗、娟」；所以張、李、陳、黃諸氏，同名同姓的實在太多，給大家添上許多麻煩。我們的祖先們想到這一點，便先挑一個比較新奇少見的字作爲姓氏，以免後代子孫姓名，容易與人雷同，這是祖先的德澤。人家好不容易有這個稍微少見的姓，減少雷同的名，自己都不嫌麻煩，您不應該奇怪、責難才對！

（七十三年八月一日中國語文）

第三輯　往日情懷

一球中的

人到中年，少年時代的豪興，顯已銳減；教學之餘，除了看看書和散步以外，簡直缺少運動。不久以前，學校舉行一次教職員球類賽，我被編入籃球組，非參加不行。

有位同事向我打趣說：「老柴，你也來打籃球，懂不懂得籃球規矩啊？」

「你簡直把人看扁了！」我不服氣地說：「想當年，本人也是球場健將；而且，還有過光榮的記錄咧！不信，你等着瞧吧！」我向他來個下馬威。

本來，好漢不提當年勇；可是，這句話一出口，却使我陷入記憶的深淵。

我是在抗戰期間長大的，那時候，在鄉村裏讀中小學，不但沒有課外讀物可買，連課本有時還要自行抄寫，校舍是借用祠堂或廟宇；至於籃、足球，我在讀小學時，根本還沒有見過。

俗話說，窮則變，變則通。我們這些小學生，懂得克難創造，自己利用棕布捆包石子，當做足球踢，包得大的，和現在的足球相比，小不到多少；但踢起來仍然有彈性，那是當時我們惟一的球類運動。

由於硬球踢久了，大家都練成一雙鐵脚。我經常是守二門大將，在班上是足球四大金剛之一。

等到進中學以後，才見到眞正的籃、足球，由於打籃球比踢足球看來新穎，我便捨足球而常練籃球。因爲我對球類運動，過去有點根基，後來對籃球球藝，成績也不算壞。

在二年級時，全校舉行一次班際籃球比賽，各班競爭劇烈，先後被淘汰很多；剩下本班和三年級某班爭奪冠軍戰。當時，我是本班選手之一，經過連場苦戰，大家後勁仍然十足。

這次比賽，預定爲時一週，因爲冠軍爭奪戰，雙方兩次平手，難分勝負，便順延兩天。比賽時間，都安排在下午舉行，看球賽的同學，全校一千多人，都圍在四週看臺之上，擠得人山人海，都爭看這場壓軸戲到底鹿死誰手？看來緊張刺激。

記得最後一場，二、三年級球隊，比數仍然先後拉平；雙方都使出混身解數，準備一決雌雄，戰況非常緊張。時間一分一秒地過去，這場拉鋸戰，在最後兩分鐘時，仍然是十比十不分上下。各年級的啦啦隊，都撕破嗓門，甚至指名大喊加油。我也是被看好之一，雖然略有表現，但仍然掙分不多。大家心裏非常緊張，認爲這一場絕對輸不得。

快要終場了，雖然雙方不分上下；但彼隊仍然士氣如虹，攻勢凌厲，而我方却想拖延時間，準備下場再戰。就在這緊要關頭，彼隊的一位球員，被判犯規；由我方罰中球射籃。他們認爲我投籃準確，推舉我罰射中球，恰巧時間快到了，我拿起球來，心神不定；偏偏在這時候，全場又鴉雀無聲，一千多雙眼睛，都集中在我的手上。當時我的心跳得很厲害，全身血液賁張，好像是面臨生死關頭，認爲這一球非同小可，大有扭轉乾坤的態勢，覺得太重要了。

然而，我不能有負衆望，更不能給本班洩氣；於是我略一定神，說時遲，那時快，只見我左脚往後一鈎，兩手用力撐球，颼的一聲，一球剛好射進籃心，簡直像空心投進的。

當裁判一揚手，報告我隊得一分時，全場掌聲雷動，歷久不歇。剛好時間已到，我隊終於以十一比十，奪得冠軍。全班同學，把我擡得高高的，頓時間，我變成了一位戰勝英雄，眞是不亦快哉！

因爲我一球中的，爲本班爭回了面子；於是我被擢升爲本班球隊長，直到畢業。

（七十一年三月十一日中華日報）

烽火親情

我小時候，生長在農村，沒有見過大世面，天地之大，宇宙之宏，只是坐井觀天；等到讀完中學後，才明瞭一些外界事務，總想出來闖闖，一則可以實現從軍報國的宿志，另外也是想開開眼界。可是，由於家中父母年邁，和其他各種因素，始終無法得償宿願，在心理上是一種鬱積和苦悶。

我是在抗戰期間長大的，當時後方同胞，對日寇的侵略，莫不義憤塡膺。老師們教導我們：要想救亡圖存，惟有從軍報國；並常講述古代「汪踦殺敵」、「馬革裹屍」和「班超投筆」等故事來激勵我們。當時故鄉又不時有大軍過境，厲兵秣馬，大家都在準備焦土抗戰。老百姓也都被組織起來，參加救亡圖存的行列。有一位國軍排長，駐地就在我家附近，後來他移防以後，開往前線作戰，經常和我通信連絡，告訴我許多抗日殺敵，慷慨悲歌的英勇事蹟。我受了老師的教導和朋友的薰陶，眼看到河山的破碎，在我幼小的心靈中，就立下從軍報國的壯志。

民國三十三年冬季，先總統　蔣公「十萬青年十萬軍」的偉大號召，當時我尚年幼，無法棄學成行；而且父老母病，家中乏人照顧，一顆報國的赤忱，只好隱埋心底。

民國三十七年年底，故鄉陷入匪手，當時我正在外地讀書；共匪初來時，由於局勢無法控制，對老百姓僞裝笑臉，誘騙一些知識分子返鄉度歲。我也在遊子思鄉的情形下，被騙回家過年。當時一般人，對共匪的籠絡，都存着觀望和幻想態度，希望能安居樂業，重過太平的日子。

我因爲在縣城讀書，經常閱讀報紙，也曾讀過三民主義的原著；加之學校的老師，常作時事分析與匪情報導，得知共匪在外省實行清算鬥爭的暴行，對共匪禍國殃民的本來面目，早已認識清楚；只因爲母親病重，不得不冒險回家。

當時正是徐蚌會戰、軍事失利之際，國家局勢極不穩定，盤據在鄉村的股匪，毒焰逐漸囂張。果然，在度過元宵節以後，地方已被匪軍控制，匪幹以「支援解放軍過境」爲名，大肆派糧派款，橫徵暴斂，馬上擺出一副猙獰面目，終於露出狐狸尾巴來了。

我家因爲祖先薄置產業，在地方上向被稱爲有錢人家，父親去世後，母親年老多病，家中人丁單寡，無法離家外出。直到共匪收拾笑臉，在地方上抓人拷打以後，而且不斷派糧派款，而我家中被派糧款又多，根本無法交出。看情形，勢難逃過毒刑苦打的命運。這時候，才眞正感覺到事態的嚴重。

不久，鄰近的幾個鄉鎮，已開始「清算、鬥爭」，很多地方士紳和殷實富戶，都被逼打致死。一般老百姓不但不能安居樂業，甚至根本活不下去。這時候，大家才看出共匪的狠毒，便開始惶恐緊張了。

我呢？我該怎麼辦？被派這麼多糧款，怎麼能交得出來？逃跑嗎？母親怎麼辦？丟下她，於心何忍？再去讀書嗎？那來的學費？找親戚朋友幫忙嗎？大家也都自顧不暇，那能顧到別人？母子兩人，相依爲命，抱頭痛哭過好幾次，始終想不出妥善的辦法來。

最後，還是母親哽咽地訓勉我說：「我看，你還是……趕緊……逃跑吧！不然，待在家裏……也會被逼死的！」她的話幾乎是一個字一個字，從無可奈何的淚光中，從皤皤白髮下，從乾癟的嘴唇邊，吃力地、慢慢地吐出來的。

我聽在耳裏，看在眼中，眞是寸心如割，忙說：「那您怎麼辦？我能丟下您不顧嗎？」

「我已經是風燭殘年了，再能活到幾時呀！」她意味深長地表示：「在這個瘋狂的世界裏，你能守在床邊爲我送終嗎？再說，你如果被抓去鬥爭，我能救得到你嗎？」

「……」我無言以對，很久默不作聲。

「我的事你不要管了，通知你姊姊一聲就好了。」她揮着淚肯定地說：「與其母子不能互保，不如你收拾東西，趕快逃跑吧！」我知道：她的話是經過一番痛苦的掙扎，才做這樣決定的。

在整個下午，我環顧這個破碎的家，看到日薄西山的老母，內心非常的矛盾，實在下不定決心。

最後，還是聽從母親的指示，決定在天明前化裝離家。

當時，我滿以爲等到時局靖平後，再回家奉養老母；但心中老是默念着：「風蕭蕭兮易水寒，壯士一去兮不復還。」這兩句古語。心想：「我不知道什麼時候，再能回到家鄉，看到垂老的母親呀！」

古人說：「悲莫悲兮生別離！」何況是時亂年荒，漂萍無定？我把家中僅有的幾塊現大洋，送了兩塊給母親作爲安家費用，懷着一顆沉痛的心，泣別了母親，經過姊姊家後，便走向茫茫的人海中，去尋找前程了。

從軍後，隨着部隊行動，衣食無憂，得以實現從軍報國的初衷；設非爲當時情勢所逼，恐不會提早實現。但每想起拜別老母時的悲傷情狀，這一幅母子泣別圖，極人世悽慘之境，夜間便常作思鄉的噩夢。眞不知離家後，母親如何應付匪軍的需索；重病未癒，又有誰來奉養？思念及此，只有空自悲傷！因此，我總想探知家鄉的音訊；但又怕得知母親不幸的消息，心中既矛盾而又憂傷極了。

悠悠往事三十四年，人世滄桑，河山變色，每次想到我那存亡未卜的老母，內心至爲傷痛。唉！我不知何年何月再能和母親相見。

（七十二年八月一日中國文選）

薄暮驚魂

世界上到底有沒有鬼？到現在，還是一個難以解答的問題。如果說有鬼？鬼住在甚麼地方？鬼是個甚麼樣子？你可不可以抓個鬼給我們看看？所以古人說，畫鬼容易畫人難；因爲人畫得像不像，有眞實的生態可以比較，而鬼無一定的形象，只好畫甚麼都可以說是鬼了。如果說，世界上眞沒有鬼，有些地方硬是活鬼叫出，幽靈顯聖，人們繪聲繪影，說得使你不得不相信。因此，大家似乎又不敢肯定地說，世界上沒有鬼了。就連至聖如孔子者，也不敢隨便談論「怪力亂神」，甚至說：「敬鬼神而遠之。」所以鬼之爲物，眞是神鬼莫測，信之則有，不信則無，只好信不信由你了。

我小時候住在鄉下，人們閒聊時，遇到無話題可說，總喜歡談論鬼故事。常有人把自己看到鬼的形象，加油添醋，活生生地抖露出來。有人說，鬼沒有頭；有人說，鬼只是一陣陰風；還有人說，鬼不但頭髮、牙齒很長，而手部指甲更長；甚至更有人說，人死後經久不葬，吸收日精月華，久了會變成「人精」，餓鬼可以起來抓人吃；這樣言人人殊，只是沒有人看到「鬼打架」罷了。

大人們談鬼時，談得有聲有色，不但說晚間有鬼出現，連白天也可以活見鬼。嚇得我們小孩子們，不但白天聽到汗毛直豎，遍身起鷄皮疙瘩；晚上更不敢看黑暗的地方，睡覺時只好用被子蒙着頭，生怕晚上鬼會出來掐人，豈不死得寃枉！

因爲小時候，我聽過的鬼故事太多，又因爲自己有過一次「活見鬼」，被嚇得昏了過去，所以小時候比別人更爲怕鬼；直到長大從軍以後，因爲手上拿了枝槍，才不再怕鬼了。

在我的故鄉習俗上：人死後雖然蓋棺論定，但不馬上安葬，必須停柩在外一段時間以後，才擇地入土。一般死人睡的棺木，都非常堅固耐用，甚至入土數十年，仍然油漆不蝕。一般人去世，先經家人請法師超渡後，因爲墓地要注重風水，不能草率安葬。在請地理師覓地「趕龍」期間，只好停棺郊外，時間長短不一，短則一兩年，長則三五年不等。

停棺的地方，大都在住屋附近的山丘或荒地，除疏通地面流水外，上面覆以樹枝稻草，逢年過節，按時前往祭拜。這種臨時停棺的地方，俗稱爲「柩基」。有時候，一個大村莊附近，人死後久未安葬，集中停柩在一起，舊去新來，往往多達二三十具以上。白天經過此地，心中難免不自在，要是晚上看到，就有些怕人了。

在一般人的談論中，說人死後久停在「柩基」裏，如文前所述，屍體吸收日月精光和天地元氣，便會成爲「人精」。「人精」的形象是皮厚骨粗，毛髮、指甲瘦長，儼然就是一具活骷髏。他們饑餓時，晚上會起來抓人吃，吃飽後又返回「柩基」歇息。說來生動活現，使人毛骨悚然，不寒而慄。

我讀小學的時候，學校就在距離家中約五公里的一座古廟裏，而在家中與學校之間的一座大山窪中，就停放着很多具「柩基」。一些大孩子們常編一些在此地看到的鬼故事，來嚇唬我們；所以我們經過此地，大都戒愼恐懼，眼瞄心跳，不敢大意。當時學生大都寄宿在校，星期六下午才回家。回家時因爲人多可以壯膽，沒有甚麼好怕的；只是上學時，我們只有三位小朋友，勢力微薄，必須結伴而行，就像當年水滸傳裏景陽崗有虎傷人一樣，太黑了不敢經過；因爲傳說中，鬼都是在晚上出來抓人，所以必須在日落前趕回學校。

有一次，大概是活該有事。另外兩位小朋友，因爲家中有喜事，必須請假一天，我只好一個人硬着頭皮上學校。當時正是隆冬季節，天色本來黑得早，山頭早已看不見太陽，四週一片陰暗，夜幕逐漸低垂，附近聽到烏鴉叫；加之寒風怒號，樹影飄搖，景象陰森得怕人，活像是有鬼的天氣。

我尙未經過此地，心中早已害怕起來，打算經過那道窄徑，快接近「柩基」時，便一躍而過，抱頭快跑。所以剛走近時，爲着給自己壯膽，便故意大咳兩聲，來嚇唬那些幽靈，表示我並不是怕鬼的人。

誰知道不咳猶可，這一咳竟把鬼給咳出來了。忽然一陣陰風吹過，只見頭上一道黑影，嘎咕有聲，向我飛撲而來。我不知道當時他們是怎樣來掐我的，一時人便昏倒在地，一切聽其所爲。

等到甦醒以後，我已躺在母親懷裏，迷惘中只聽到母親焦急地問：「孩子怎麼樣了，好些了吧！」

在月光下，我翻翻眼睛，有氣無力地說：「媽，我看到鬼了！」

「哎！你看到鬼了，看到甚麼樣的鬼？」母親一臉憂戚，半信半疑，感到十分惶恐。

「鬼影黑黑的，還會叫，媽，我好怕呀！」當時我仍然直打哆嗦。

「哪裏會有甚麼鬼？」我聽到兩位鄰居在旁邊咕噥了幾句，不知道他們在說些甚麼。

原來，我被嚇昏在地後，他們收工打從此地經過，認得出是我來，連忙跑回引導我的父母親來救我。還好我從小就沒有心臟病；不然，早就被「鬼」嚇死了。

回想：我那次「活見鬼」，看到的雖然是「一道黑影」；可是，我却被那道「鬼影子」嚇得病了一場。

（七十三年七月二十八日成功時報）

楊柳依依

在我辦公室附近的水溝旁，種有一棵柳樹，初栽植時，因爲樹枝矮小，看來很不起眼，因此亦不曾留意。時間漸久，大概是接近水源吧，這棵樹成長非常快速，曾幾何時，已經是綠樹成蔭，柳腰款擺了。

臺灣是亞熱帶氣候，平地很少種有柳樹，而學校也只種有這一棵，栽植在花圃旁邊，一樹獨秀，傲視羣芳，所以特別引起我的注意。

每次經過這棵樹旁，總勾起我的許多回憶和感想，也曾幾次想提起筆來，把心裏的複雜情緒寫出，終因事情繁忙而未果；然而，每次看到這棵樹，總是情不自禁地默念詩經小雅采薇章的感傷詩句——「昔我往矣，楊柳依依，……」後面幾句，因爲不能全記，也不想念出；因爲這是當時戰士在歸途中的抒懷之作——「今我來思，雨雪霏霏，……」離家已三十多年，遊子天涯，何時能「載渴載飢」地重回故國呢？這也是我按捺下多少次的寫作衝動，而終未提筆的原因。可是，地面上樹木這麼多，萬紫千紅，羣芳競秀，爲什麼人們對柳樹却大爲興感呢？

因爲柳樹生來青葱淡雅，枝葉柔嫩婀娜，春月先葉開花，暗紫翠綠，風翻柳葉，款擺依依，容易引起人們別時的傷感；而柳絮隨風紛飛，飄浮無定，更容易引起遊子的思鄉情緒；所以古人大都藉途中所見，折柳贈別，以致其依依惜別之情，或見柳色而興思，大起懷人之感。如李白的憶秦娥：「年年柳色，灞陵傷別。」、王昌齡的閨怨：「忽見陌頭楊柳色，悔教夫婿覓封侯。」、王維的陽關三疊，乃看到客舍的青青柳色，吟誦出：「勸君更盡一杯酒，西出陽關無故人。」的感慨。左宗棠平定新疆後，却廣栽楊柳，才引得春風隨拂，平添塞外春色。實則柳樹除供人觀賞、寄情以外，却有許多實用的價值。

現在一般人大都將楊柳不分，以楊柳爲柳的別名。其實：楊樹枝硬而揚起，葉呈圓形；柳樹則枝弱而垂流，葉呈條狀，蓋一類而二種。來臺後，未見楊樹，或有楊而未見；柳樹雖有見而稀少；所以每見校園中這種特有的柳色，才引起我覩物思鄉的感慨。

在大陸北方各地，自冬至以後，由於天氣愈來愈冷，俗稱「九裏天」，以九天爲一週期，說明氣候的變化。一般文人雅士有塡畫「九九消寒圖」，以尋求消寒的情趣，便是以「庭前垂柳珍重待春風」爲主題，藉每字九畫，描繪出嚴冬度寒的韻事。一般人們甚至兒童都會唱「九裏天歌」，以度寒迎春。所謂：「一九二九不出手，三九四九冰上走，五九六九沿河看柳，七九河開，八九雁來，九九八十一，冬去春又回。」因爲等九九八十一天過去，就是三陽開泰的暖和天氣了。

我的故鄉湖北蘄春，靠近長江北岸，緯度較低，春天似乎比北方早到，柳枝也較先發芽。縣內有一條大河，名曰蘄河，直貫本縣南北流入長江。河岸兩旁的砂壩，大都栽種柳樹，以作護堤之用。每到春來，柳枝吐蕊，柳芽初舒，枝頭一片翠嫩。春節過後，日和風煖，正是「萬里和風生柳葉」的光景，春色撩人，先自柳枝開始。那種長堤綠壩，一眼難窮，漫步河旁，目覩春草碧色，春水綠波，享受「吹面不寒楊柳風」的情趣，使人心怡而體暢，流連忘返，逸趣橫生。

每逢踏青季節，一些青年士子，先從柳堤漫步，欣賞綠楊垂柳，沾着一身綠蔭，故意模仿古人，吟唱折柳送別及有關吟詠楊柳的詩句，互相接龍回應，直到詞窮興盡而後止。然後再沿柳堤而至郊外，只見綠茵遍地，草木葱蘢，十里鶯啼，春光蕩漾，正如王維的早朝詩所形容的：「柳暗百花明，春深五鳳城。」在故鄉四季分明，尤其在春天，更是令人感奮，也是一年之計——讀書、工作、郊遊的大好時光。

到了夏天，天氣炎熱，在河堤下、柳蔭旁乘涼，更是避暑的好去處。我的家就住在沿河築成的市鎭，由街道的兩頭出去，便各是一道柳堤，中午天氣太熱，一般玩伴爬在柳幹上久了，就乾脆跳入水中游泳，水深及腿，清澈而衞生，無安全顧慮。堤邊偶有深潭溜底，乃是魚羣滙集的淵藪。因爲溜水較深，不敢貿然跳入捕捉，我們這羣半大不小的孩子，只能坐在柳樹上，俯瞰游魚從容浮沉，悠然而逝，也曾多少次興起躍下捕捉的衝動。後來年齡漸長，稍懂「臨淵羨魚，不如退而結網」的道理。網雖未結，倒是常拿起釣竿在堤邊垂釣，收穫雖不多，那種柳蔭聽蟬、綠蔭垂釣的往事，是我少年時期最快樂的時光。

共匪叛亂，故園陷落，鬥爭清算，民不聊生，少年時代踏青、賞柳、垂釣、捕魚的歡樂日子，已無法享受。我便在春節過後、沿河看柳的黯淡日子裏，背着簡單的行囊，乘機偷偷逃出。當時才體會到古人見柳色而傷感，和折柳贈別的別離情緒。

「昔我往矣，楊柳依依」，我每見這棵柳樹，枝葉流垂，婀娜有致，這幾句古人的感懷詩句，總在腦海中迴盪不已。希望有一天我能在「垂楊柳、柳含煙」的歌聲中，重步柳堤，重溫舊夢。

（七十四年三月二十日臺灣日報）

曬書的回憶

家住山區，霧氣甚重，對書籍的收藏，頗爲不利；所以每隔一段時間，我便要大肆曬書一番，以免受潮毀損。而每次曬書時，大都招喚兩個孩子幫忙，一方面是要他們多沾染一些書香氣息，同時也可讓自己，重溫童年時幫助父親曬書的舊夢。

我是在農村長大的，除祖父經商以外，父親和上代祖先，大都以耕讀傳家。曾祖父以上兩位祖先，在科舉時代，曾中過秀才。這在農業社會裏，尤其是在山區，更是一件大事。而祖先們的嘉言善行，讀書情形，一直爲族里所稱道。他們之所以能求得功名，壯遊泮水，完全是勤學苦讀得來。

以前，一般士人所讀的書籍，大都是線裝宋版書，後來才有銅版和鉛印。線裝書紙質堅靱，裝訂牢固，容易保藏；且字大明晰，適合讀書人的圈點和誦讀。往往一般優秀士人所圈點過的書籍，便成爲一般後生小子所模仿學習的對象，更是他們留給後人的傳家之寶。——「人遺子，金滿籯；我教子，惟一經。」這便是農業社會，耕讀傳家所遵守的至理名言。

我的祖先所讀過的書，也一直傳給我們下面幾代。小時候，我家也住在山上；後來，才舉家遷往鎮上，每當重要節日，仍常回老家祭拜祖先，整理舊物，更不忘記曝曬那些古書。那時候，我年齡尚小，對於那些古書，因爲看不懂，印象不大深刻，只知道隨着父親翻閱。那些書，大都是線裝的，都是大部頭書，有些已經破損，其中有一套「十三經注疏」，甚爲珍貴。先祖們用紅筆圈點得密密麻麻，單圈雙圈，隨着書內重要性而加緊加密；另有眉批、評語或讀後心得，可見他們用功的程度。

父親在曬書時，一面翻閱，一面整理，並且講解祖先們創業興家、尊師重道的精神，和一些爲人處世的道理；使我們知所效法，以宏揚祖先的德澤。

「開卷有益」這句話，是我最先從父親的口中聽到。他說好書是無價之寶，學問是用錢買不來的；只有自己去用功鑽研，才能豁然貫通。我之所以喜歡與書爲伍，大概與家教有些淵源。而且，那時候印刷業不發達，人們頭腦淳樸，市面上沒有不良書刊出現，眞正是「開卷有益」。大家可以讀些乾淨書，沒有所謂黃色書刊這個名詞。

記得曬書時，其中有一套宗譜，共有十多本，是木板刻字印刷的，也算是書籍；但宗譜比書籍更爲重要。它是記述宗族的來源、祖先的德業、和輩份的大小，作爲倫理綱常的寶典，在農業社會裏，甚受重視。

還有一本，祖先應考時所用的筆記，係用小楷毛筆書寫，字跡細密，和米粒大小相似，雖比不上黃老奮的毫芒雕刻；但用普通小楷毛筆，正常肉眼書寫，且行列整齊，一字不苟，實在難能可貴。

這本書，係自行整理線裝，版面大小，大概爲八公分與四公分見方，厚約數百頁，就和我離家時，帶出的一本寸半本英漢字典大小相近；但機器印製的書籍，字體可大可小，那能和祖先的手稿，相提並論。現在回想起來，使人彌覺珍貴。

那些古書，係我家傳家之寶，看得非常貴重；所以一直放在老家的樓上，和宗譜一起保存；——眞所謂藏之名山、傳諸後世——只有定期曝曬翻閱，平時很少用到。長大後，漸有閱讀能力，但因時局動亂，無法安定研讀，實在非常遺憾。而我對那本祖先的小字手抄稿本，印象頗爲深刻，每次曬書時，我總要多翻閱幾次。那裏面大都是四書中的自撰文章，題目有的很長，有的頗短，甚至一個字，也能做出長篇論文。我想科舉時代的八股文，大概就是那種模式吧！

回憶每次曬書時，總要求父親把那本手抄本，送給我讀，都爲父親所制止。一方面因爲我當時的領悟力還不夠，同時也是怕我弄壞弄丢了。

離家時，我帶出一些自己讀過的書，迄今仍善自保存着，視爲珍品；要是當時也能把那本祖先的手抄稿，一起帶出來，那更是一種難得的寶物。

我懷念祖先的遺書，更難忘先父的遺訓。

（七十二年六月十三日臺灣時報）

扇子的回憶

暑假期間，因事往臺北一行，在臺中下車後，溽暑逼人，炎熱難耐，不覺汗流浹背。在人潮擁擠的熱浪中，摩肩接臂，走進車站候車室，滿以爲可以享受一下冷氣，來消除暑熱；不料因當時室內氣溫未達攝氏二十八度，冷氣不予開放；等到擠進一個座位後，更覺燠熱難當。

正焦躁間，忽見一佝僂老人，沿座兜售摺扇，旅客大都搖頭擺手，無人問津；但當時却正合我的需要，於是購買一把，揮扇招涼，驅除暑氣。

不久，候車室冷氣開放，我便放下摺扇，閱讀報紙；可是，扇子雖然揮掉了，却揮不掉我對往事的回憶。

我小時候係在農村長大的，當時鄉下沒有電力，一般人連電風扇都沒有見過，更遑論有冷氣設備，大熱天只有發揮扇子的功效。

我的故鄉湖北蘄春，在冬天寒冷，而夏天炎熱。一般人冬天離不開烘籠，而夏天更離不開扇子。在六月炎天，如果手上沒有一把扇子，根本無法消暑。大家似乎有一種默契，也是口頭禪，所謂：「六月炎天熱，扇子借不得；不是我不肯，你熱我也熱。」因爲湖北人，把「熱」、「越」、「月」三字，讀成一個音；又有「八月中秋吃月餅，喝熱茶，越吃越熱。」的笑話，引起外省人的嘲弄。而且，這「熱」、「越」、「月」讀的又不是國語發音，只有用湖北方言，說來才夠韻味。所以，我常把這兩首家鄉俗諺，念給現在的家人和朋友們聽，引起許多笑料而開懷不已。

扇子，在鄉下人眼中，不但是驅除暑熱的必需品，更是讀書人和仕女的象徵。君不見在相聲話劇中，表演者大都長袍摺扇，談笑風生，以示儒雅；而國畫中的仕女，也大都穿着古裝，以團扇掩面，使人興起愛憐之意。所以「扇之爲用大矣哉！」不一而足。

在鄉下，一般人大都以扇招涼，自不在話下，所謂：「扇子扇風涼，隨時在手旁；一時離了手，孩兒沒了娘。」可見扇子在夏天對人們的重要。而一般年輕學生，在夏天上學，除了攜帶書包、茶壺以外，更把扇子作爲書生的標誌。因爲扇面上不但印有名人名畫，可資欣賞；更有名詩名句，富有教育意義。

依稀記得，一般學生用的摺扇上，大都印有陶淵明的古詩：「盛年不重來，一日難再晨，及時宜勉勵，歲月不待人。」和「白日莫閒過，青春不再來。」等名句，教人珍惜時光，力圖上進。

還有朱子家訓上的：「一粥一飯，當思來處不易；半絲半縷，恒念物力維艱。」和李紳的憫農詩：「誰知盤中飧，粒粒皆辛苦。」敎人要愛惜衣食，不可暴殄天物。

至於一般人用的扇子，也題有勸人對「酒色財氣」的斟酌。如「酒是穿腸毒藥，色是剮骨鋼刀，財是下山猛虎，氣是惹禍根苗。」勸人要修身養性，凡事警惕，切莫惹禍上身。

但是，世界上的人如果都戒除了「酒色財氣」，大家不就都成了尼姑、和尙？社會何來繁榮進步？接著，又從另一角度着眼，却說：「酒無不成禮義，色無路盡人稀，財無不成世界，氣無反被人欺。」最後告誡人：「若要行事得法，勸君量體裁衣！」一切要自行斟酌，以保持中庸之道，是修身功夫，也是衞生方法。

還有一般人，特別買回白紙摺扇，延請名儒或塾師題字，以示儒雅不俗。大抵要看各人的身分、地位，卽席揮毫相勉；而所題的詩字，大都蒼勁有力，文句古樸而新穎。例如吾蘄國學大師黃季剛氏返鄉時，就有很多故交，要求在扇面上題字，得之者視爲墨寶，而捨不得使用。

一般人的扇子，如果扇面上沒有印好的字畫，也要自題幾句歪文，以自我表現一番，至少要寫上「清風徐來」四字，這樣才算一把完善的扇子，而招涼的功用則一。

扇子的種類，依形狀、質料、大小而有所不同。除上述的摺扇以外，一般家庭最常用的，厥爲蒲扇，又稱團扇。蒲扇，乃用蒲葉製成，最大的比一張四開報紙略小，呈橢圓形。這種蒲扇，用途最爲普遍，因其款式之大，外出可以抵太陽，晚間可以打蚊子，甚至可持以盛物；至於扇大風多，自不在話下。另外有一種芭蕉扇，質料、形狀與蒲扇相似，只不過不及蒲扇的堅固耐用而已。

還有一種麥草扇，也頗普遍。麥扇係用麥稭製成，呈桃形，比蒲扇較小；但使用起來，輕巧柔和，彎有情致；如果扇把上再箍上幾圈紅綠絨線，更顯得嫵媚可愛。

此外，還有鵝毛扇、輕羅扇、和一些精緻扇子，爲一般迎娶前之禮物，大都爲閨門仕女所用。杜牧詩：「銀燭秋光冷畫屏，輕羅小扇撲流螢。」或卽此類。

總之：扇子隨人之設計而異，質料之優劣，也因經濟條件而有別。身分、地位高或有錢的人，所使用的扇子，自爲上品。或顯示其氣質之溫文，或顯示其地位之高貴；要不然，便是表示其富有而已。最爲簡便的，也可以用厚紙自摺成摺扇使用，只要能招風就行。而油紙扇便成爲普通使用的扇子，卽或一時丟掉，所費亦不多。

離家後，一直未買過扇子，一方面大家外出不習慣帶扇子，另外亦爲電扇和冷氣所取代。這次外出，無意中買來這把摺扇，爲我解除旅途的暑熱，卻勾起我對往事的回憶。惜扇面上只有幾朶印好的紅花，而缺少幾行題字。處在這工商業時代，我只好一切從俗，湊合一下使用吧！

（七十一年十月十六日臺灣日報）

我的絶版書

在我的書房裏，藏有將近兩大櫃書籍，看到那些五顏六色的書背，光華燦爛，蔚爲大觀，使人頗有一種滿足之感；但是在這些書籍當中，使我感覺最爲珍貴，而奉爲瓌寶的，便是那兩本「絕版書」了。

民國三十八年上元節，我從故鄉匪區逃出，懷着沉重的心情，帶着簡單的行李，抵達縣城；原打算繼續升學，把寄存在縣城裏的一些書籍，整理一番；後來因爲局勢越來越嚴重，我看到讀書無望，只好棄學從軍。當時檢視那滿箱的書籍，實在捨不得拋棄；於是我一再挑選，只把最心愛的一本唐詩，一本日用交際快覽，一本實驗高級英文法，和一本袖珍本英漢字典，揣在簡單行囊裏携帶出來。

唐詩是我最喜歡讀的，在寂寞無聊時，可以排愁解悶；日用交際快覽，可供作寫應酬文字參考之用；而英文法和小字典，乃在幫助複習英語，以免荒廢學業，有機會還想繼續讀書。

第一次出遠門，人海茫茫，缺乏旅途經驗，當時爲著保護包在行李內的這幾本書，我在武昌第一次坐火車到岳陽，當火車剛開動時，幾乎把我彈出車外；如果不是一位好心旅客拉我一把，早已喪生輪下，何能來到臺灣！

此後，我隨着部隊由岳陽而至浙東，再由浙東而至閩南，在行軍旅途中，我始終沒有丢掉行李；而這幾本書仍然善自保存着。暇時打開晾風、翻閱，讀着「劍外忽傳收薊北」的詩句，使我滿懷壯志，希望早日能重返故里；而看到那兩本英文書和交際快覽，使我想起讀書時的情景，揣摩研讀，聊慰鄉愁；這幾本書，的確充實了我的旅途生活。

可是在軍中生活，並不是悠閒和方便的，記得在閩南時，上級下令：爲着保持部隊的機動，規定各人除開背包以外，其他笨重行李，一律不准携帶。於是我賣掉許多隨身衣物，並把行囊一再縮小；但是這幾本書我還是依依不捨地背在身上。後來爲了多背了這幾本書，使我在一次戰役中，幾乎挨了一顆子彈；但是我爲了維護這幾本紀念書籍，仍然九死其猶未悔。

到了臺灣以後，生活雖較安定，但是部隊經常調動，行李也漸漸增多，行軍調防，整理行裝，仍然十分費事；加之人生不如意事，常十之八九，我在長期勞累後，忽然生了一場大病，而且一病難起；不但不能行動，更不能稍用腦筋，經常都在臥床靜養中。轉了幾次醫院，隨身衣物都是在精神稍好時，託人代爲整理；甚至在幾次病重時轉院，我的隨身行李，不知怎麼也跟着轉來。待病情稍好後，檢視行囊，看到這幾本歷經萬難的舊物，懷鄉念舊之情，不能自已；只是一本唐詩，不知在何時何地遺失，使我傷心不已，而實驗英文法已送給一位升大學的同學，現在他已是學者博士，目前僅存的，只有這本日用交際快覽和袖珍本小字典了。

出院就業後，生活漸趨正常；然而東搬西轉，這兩本書跟著我跑遍了寶島；直到成家後，寄居此地，生活才正式安定下來，算是給它們有個固定藏身之所。

這本「日用交際快覽」，係上海春明書店在民國三十五年出版，我在民國三十六年購於故鄉，時爲法幣六千五百元。內容充實正確，可算是一本大衆酬世文件的顧問。包括喜慶、祭奠、人事文辭，和社交詩詞、各類尺牘、婚喪帖柬，以及各種契約、廣告程式和酬世楹聯等，取材廣泛實用，適應各業需要，爲目前坊間難得買到的酬世書籍。

筆者在國中教授國文，承大家看得起，每逢長官、同事、朋友，及地方人士，有婚喪喜慶等應酬文字，多要求我來執筆，在推辭不得的情形下，只好勉爲其難，而這本交際快覽，實在幫忙很多。雖說有些用語、程式與現今稍有不同，然而修修改改、取頭截尾，仍多可供參考之處。現在書面雖然破損，內紙全已發黃，經過幾番修補整理，曝晒裱褙，仍不失爲一本完整書籍；只是已成爲絕版樣品，而我手上所執有的，甚至變爲孤本了。

至於那本小字典，書名學友英漢字典，當時稱爲「寸半本」，實際書面不到四十平方公分，而厚達八百餘頁，收錄生字三萬個，眞是一本小巧玲瓏的迷你字典。

抗戰期間，在鄉下讀中學，能擁有一本英文字典，同學中爲數不多。而它是我和同學們在一次遠遊中，步行百餘里到鄰縣英山縣城購買的，時為法幣一百五十元，在當時算是貴重書籍。

現在我雖然藏有這許多書，但我認為最為珍貴的，還是這本酬世書籍，陳舊而實用；而小字典不但別致精巧，更富紀念價值。我珍藏這兩本書，更珍惜往事的回憶。

（六十九年六月二日欣欣文藝）

親情的懷念

現在社會經濟繁榮，人們生活水準提高，大家對吃大魚大肉，似乎不很感興趣，轉而講究吃法和味道；但我對農業社會時代，母親所常做的「泡蛋湯」久吃不厭，不但美味可口，更增加親情的懷念。

在家裏，我只會動口，却不會動手；也就是說，我只會飯來張口，却不會下厨做菜。每逢過年過節，或有客人來訪，妻做出來的，總是那幾道老樣的菜，可眞把人吃膩了。

「太太，妳總得換換做法，變變口味吧！」我有時埋怨她。

「你只會嘴巴講，那麼就請你來示範一下吧！」

要我來示範，可眞把我難倒了。

不過，我不是沒有一手，如果我下厨露出一手，做出來的菜，不但色香味俱佳，簡便易做，而且價廉可口，包君滿意。

——那就是母親當年常做的「泡蛋湯」了。

在我們家鄉，在農業社會裏，吃個土雞蛋，算是葷菜。蛋的吃法有很多種，隨你變化，而快捷受用的，莫過於「泡蛋湯」了。

那時候，厨房裏沒有電鍋，更沒有瓦斯爐，煮飯做菜，都是用大鍋大灶；常見母親在大灶前用吹火筒吹火，被濃煙薰得眼水直流。常言道「須知盤中飧，粒粒皆辛苦。」但是鍋中做出來的菜，也頗不簡單呀！

小時候，每當我放學回家，感覺無好菜下筯時，我便發賴不想吃飯；這時候，母親便靈機一轉，——打碗泡蛋湯上桌，而泡蛋湯正是我想吃的好菜。只見母親忙着生火，把菜鍋燒得火燙，倒下油脂，打開兩個土雞蛋，在碗裏攪和以後，趁熱往鍋裏一倒；等到蛋液尙未完全烤乾時，馬上倒下清水，放入作料；因爲鍋裏溫度高強，冷水倒入後，便馬上翻泡鼓鼓作響，聽起來頗覺嘴饞，蓋上鍋蓋後，不到兩分鐘，泡蛋湯便完成了。

三、四十年前的往事，母親爲我做菜的情景，猶在記憶之中；而泡蛋湯尙未做好之前，在鍋裏的鼓鼓響聲，依稀縈繞耳際；母親愛子之情，亦常在慕念之中；於是泡蛋湯這一道可口菜，便成爲我對母親懷念的拿手菜了。

現在的厨房，大都用瓦斯爐，不用大鍋、不燒木柴，做泡蛋湯的方法，固然簡單易行；但每當我受妻之激勵而下厨時，打開雙管瓦斯爐，感覺火力過猛，扭小開關，又嫌火候不足，總覺有些彆扭；尤其是現在只能買到的洋雞蛋，吃起來較土雞蛋的味道，更覺隔着一層，缺少過去那種鮮甜的味道了。

打泡蛋湯時，以土雞蛋爲佳，必須先調整火候，切好一些大葱，準備好味精、醬油和清水，迨蛋液攪和好以後，火力不大不小，油鍋熱煙起燙，趁勢將蛋液倒入；等到蛋液有百分之八十將要烤乾時，馬上倒下清水，留下少許蛋液，混合清水，這樣才有鮮甜的味道；再加入準備好的作料以後，不到幾分鐘，便可做好色香味俱佳的蛋湯了。

我喜歡吃泡蛋湯的原因，一方面是這道菜簡便價廉可口，主要的還是對親情的懷念。想到當年母親打泡蛋湯時，湯在鍋裏的鼓鼓響聲，更增加我的孺慕之情；只是現在所用的瓦斯爐，小鍋小灶，由於炊具、情景不同，除了上面的除煙機有嗡嗡的響聲以外，再無法欣賞到當年母親下鍋時，那種響燙的聲音了。

（七十年五月二十五日欣欣文藝）

爲兒茹素念親恩

每當我拿起鏡子，總會照見自己額角上的疤痕；每當我入浴時，總會觸及胯骨內的瘡傷；每當我獨自進餐時，總會想起母親孤單素食的情景。這疤痕不是在戰場上負傷，這瘡傷也不是和人打過架，而是小時多病和不小心的結果；而母親的素食，完全是爲兒許願，求神託庇平安，自己犧牲口福的慈愛。

我小時生長在山區，當時鄉村中缺乏醫藥衞生設施，地方沒有醫院，小鎭上只有中藥舖。一般人生病，只好從老遠求看中醫；而中醫藥效旣慢，且醫生多不合格，不但治不好病，往往因「吃反了藥」，變成不治的痼疾，或產生副作用。一般人名牌醫生請不起，或看中醫無效時，只好沿用老年人的偏方，或地方上習用的土法；甚至求神問卜，吃符咒、香灰，以求把病治好。

我只有一個姊姊，無兄無弟，兒時生活很孤單。據說我上面還有一個哥哥、一個姊姊，都因爲小時生病，醫治無效而夭折。我是父母的么兒，小時也是多病，看中醫不便，當時根本沒有小兒科；所以遇着驚風、感冒或發燒時，只好使用偏方、土法，才把小命養大，而母親更受盡折磨，才換來我的健康。

據說我兩三歲時，生了一場大病，百般醫治無效，最後只好求助於地方的土法——燒筋和爆燈花。當時如何治法，因年幼無從記憶。長大後，依稀聽見母親和姊姊說，我小時生病曾經爆過燈花、燒過筋，而額角上的疤痕，就是當時治病的標記。

我的故鄉，冬天天氣很冷，大人和小孩，身旁總離不開一具「烘籠」（家鄉取暖用具）。有一次，大概是五、六歲時，我站在烘籠上吃飯，不小心踏翻跌倒，一大缽炭火，整個倒入我的開襠褲內，當時一聲驚哭，人便昏了過去。地方上既無外科，中醫也無法醫治，家人焦急無奈之餘，只好利用土法，將蔴油調和藥粉敷治。母親既心痛又心急，到處尋求偏方，換藥洗滌傷口，經過幾個月，好不容易才把傷口治好。

我因爲小時多病，面黃肌瘦，背脊微駝，身體一直不好。母親多方照顧我的衣食，設法增加營養，身體才逐漸好轉。在我生病時，母親除日夜照顧、設法醫治外，並到處燒香許願，決定終身茹素，求神保佑我的健康。同時迷信地方習俗，到處向人家討「布角」，做成「百人袍」讓我穿。只要我身體好，她什麼苦都願意吃。打從我有記憶時起，從未看到她吃過一塊魚肉。每天進餐時，我和父親一起吃，飲食營養比較好；她爲着怕沾染葷腥，總是端着一碗素菜，坐在餐桌旁一個人孤單進食。當時我年紀小毫不在意，而我的家境並不算壞；誰知她心裏想的，只是爲着自己的兒子，誠心禮佛茹素，願意犧牲自己的口福，來祈求我的健康。姑無論這種做法，有無效果，是否值得，而母親愛子之心，哪裏是當時的我所能體會的呢？

故鄉陷匪後，我無法在家生存，母親囑咐我卽刻離家逃命。我離家時，丢下母親一人在家，無人奉養，只拜託住在附近的姊夫和姊姊照顧。原打算三年五載卽可回家，誰知海角飄零，一晃已經三十七年。多少個母親節，面對着母親的放大照，祈求她的健康，並懺悔自己的不孝，總希望母親尚在人間。迄近年來，始從鐵幕裏輾轉獲得噩耗，母親已在我離家數年後，離開人世，喪事係由一位房叔代爲辦理。臨終時還頻頻呼喚我的小名，氣息奄奄、斷斷續續地說，如果最後看不到我一眼，她死也不肯閉起眼睛。……誰知她在臨終頻頻喚子之時，也正是我纏綿病榻呼喚慈母之日。人在母親面前，總是長不大的孩子，當時我年近三十，重病纏身，憶起母親昔日的慈愛，甚感孤單無奈，那裏還想到自己的親恩未報，罪孽深重呢？

古話說，養兒防老，積穀防飢。母親辛勤把我撫養長大，未能稍享菽水之歡，不但生病時無人奉侍，連臨終時愛子都不在身旁，敎她如何瞑目呢？

母親節又到了，憶起母親昔日素食的恩德，母歿未能奔喪，甚感愧疚與沉痛。如果母親還活着，如果我還能晨昏定省；卽或她不願改口吃葷，至少素食也應該營養些。現在，子欲養而親不在；從此每年的母親節，面對着母親的遺像，只好沿用傳統習俗，陳設素食奉拜，默禱謝恩，心香一瓣，表示無限的哀思與悔恨。母親啊，請安息吧！（七十四年五月十二日臺灣日報）

回憶少年畢業時

前些時，參加小兒的國小畢業典禮，看到他從校長手中，接受轉頒的縣長獎，——吾家有子初畢業，內心甚感快慰；我看到他們的典禮過程，想起自己年輕時畢業的情形來。

我是在鄉村中長大，在抗戰期間讀小學的。那時候，家鄉教育尙不普及，一般人大都在附近讀私塾，全縣只有四所小學，初中剛好創辦。我讀完幾年私塾以後，便插入小學五年級就讀。那時我的年齡還算小，很多同班同學，都已結婚生子，大家視作平常。

當時故鄉風氣未開，把讀學校稱爲住學堂；因此，畢業時還沿用清代科舉時代的報喜方式。小學畢業時，有報子敲鑼鳴炮捧送紅榜上門，前來討喜酒和賞錢的。

主人看到自己的孩子，已經小學畢業，就好像前清科舉時代，考中秀才一樣，大家笑逐顏開，喜不自勝；而報報子的人，也乘機吹噓討賞，等到主人宴請親友慶賀時，他便照着紅榜內容，大大恭喜一番。記得榜上寫着：「捷報×先生官印××，考取××學校優等一名。」就像戲劇裏，古代有人考取功名，家長口唱：「報子報我家，我兒頭上插公花」的情形一樣，算是他家的孩子年輕時獲得的功名。等到喝完喜酒後，家長要把這張紅榜，張貼在供奉祖宗神位的正廳，以作標誌和紀念，視爲很大的榮譽。

我初中畢業時，還是有報子來家報喜，大家認爲功名更高一層，親友慶賀也較爲熱烈；尤其母親更是高興異常。

記得小學畢業時，看到報子來我家，表面上雖不好意思；但內心却非常喜悅，尤其在長輩的誇獎聲中，更是沾沾自喜。等到初中畢業時，眼界較爲開拓，內心雖慶幸自己初中畢業，但外表頗感難爲情。其實，自己腦子裏有多少東西，喝了多少墨水，自己是知道的；只好跟着虛應一番。

本縣幅員遼濶，學校分散，報報子的人，事先就得計畫，尋找畢業生地址，以便按時前往報喜。據說這份差事，由縣城附近一位高姓人家世襲，每逢學年快結束時，就要大大忙碌一番，也賺得一筆外快；可是等到抗戰勝利以後，由於學校林立，時代已成過去，便無形中取消了。

在抗戰期間讀中小學，物質條件欠缺，教材教法也不大相同。那時候，大家只讀課本，或上補充教材，使用毛筆居多，市面上沒有參考書、測驗卷賣，大小考都用論文考試，沒有新法測驗；學生爲求學而讀書，老師爲傳道而授業，沒有升學壓力，心理負擔不重。雖說是小學畢業，政府還愼重其事，要派督學到各校監考，試題由他圈選，大家不得不用功準備，以便過關畢業。

初中畢業時，更爲嚴格，規定要由鄰縣各中學，集中一校會考，大家不免更爲緊張，生怕自己畢不了業，就和現在高中入學聯考一樣；不過現在的聯考只管升學，而當時的會考，只管畢業而已。

那時候，學生要升學，只是自己的事，學校沒有人帶隊輔導，升學率好壞亦與學校無關，當然更沒有所謂「惡補」了。因此，學生可以好好讀書，不會有考試領導教學的現象，學生讀書的心情，就不會像現在這樣的緊張了。

現在教育普及，人民知識水準提高，而且教材教法不斷改進，當然是可喜的現象；但是升學壓力太重，各種大考小考，使學生喘不過氣來；如果大家都不太重視學歷，就業全憑眞才實學，使學生可以照着興趣讀書，未嘗不是現在學生之福。因此，使我對過去的讀書情形，非常懷念，也非常嚮往。

（六十九年十一月二十五日南投青年第一三七期）

那段騎單車的日子

有人說，一個人喜歡懷念過去，是心理老態的跡象；老是不忘用過的舊物，更是落伍的象徵。不管這兩句話有否正確性，我的確常懷念過去某段時期的歡樂時光，也難忘曾經用過的心愛之物。那段騎單車的日子，便是其中之一。

現在社會經濟繁榮，人民生活水準普遍提高，摩托車穿梭在大街小巷，已成爲普通的交通工具；而私人開用轎車，亦屬平常之事。在這工商業繁榮進步，社會結構變遷之際，大家都在求新求變；而我却仍在懷念、甚至提倡騎用單車，人家不譏笑你是「酸葡萄」，至少說你跟不上時代。

不過，騎單車的確有很多好處：第一輕便安全，第二節省油料，第三可以鍛鍊身體。三者之中，惟第三項我受益最大。君不見有些經濟充裕的人，本來可以買得起高貴的車輛；但爲了堅持原則，仍然在騎用單車，便是一個例子。

單車，是脚踏車的簡稱，本省方言稱爲「鐵馬」。我小時候住在鄉下，看見駐防部隊，隨軍携乘，大家管它叫鋼絲車，感覺非常新奇。也就是在那段時期，一位國軍戰士，曾載我騎乘幾次，給我留下極深刻的印象。

來臺以後，看到本省同胞，大家都騎用單車代步，非常輕便迅速；我借着騎用幾次，也就學會了。後來在接受軍事訓練時，曾把單車列爲教材之一；然而，我已駕輕就熟了。

回憶服務部隊時，我多麼希望有部單車，可以騎着外出，也能風光一番；可是部隊生活，流動性很大，即或有錢購買，充任下級幹部，也無法隨軍携帶，在心理上空有一份嚮往罷了。

直到二十多年前轉業執教，生活環境安定，單車對我，變成十分需要。當時一位老師，月薪只有新臺幣七百五十元，而我却用一千六百八十元分期付款，買了一部雙燕牌脚踏車。這部車子美觀而耐用，雖說花了我兩個多月的薪水；但爲了滿足自己生活上的需要，亦在所不惜。

新購了一部單車，行動方便不少。那時候，我還年輕，剛剛就業教書，打着一條光棍，沒有家庭負擔，心中每有滿足之感。因爲當時，計程車剛上市，摩托車尚未問世，有些人仍然騎用破舊的單車；而我却擁有一部那樣出色的新車子，人家看了口頭上都稱讚不已，而我在心理上更覺風光得很。

回想在那段光棍時代，生活行動自由，常騎着那部新穎的單車，蹬踏在附近的幾個村里。稍遠一點路程，亦捨汽車不坐，而自騎單車外出。我曾經從竹山的中州，騎着它前往南投，並經火車轉運，而遠征臺南。進百貨公司購物，要交代店員代爲照顧，進戲院看電影，還要付保管費。每次回家後，把它擦得雪亮，看得像寶貝似的。那時候，有了這樣一部新單車，就好比現在的豪華汽車，一樣受人重視；至少自己在心理上有這種感覺。

每逢星期假日，我便騎着它從社寮附近的中州，前往竹山看電影。在八月炎天，雖然烈日當空，陽光如炙；但只要頂着一把布洋傘，旣可防雨，又可蔽日。只要騎着它，風隨車往，並不感覺炎熱。當時騎着一部單車，好像變過癮似的。

那時候，在臺中嘉義縣的公路上，客貨車並不多，尤其在夏天中午，更是人車稀少。我常騎着它放蕩在大馬路上，趁着無人之際，鬆開雙手，脚一蹬，便奔馳百多公尺。然後，稍一扶穩龍頭，再奔馳前進。如遇下坡路，更是如馮虛御風，放心俯衝而下；等到轉入平道，更有飄然獨立羽化而登仙的感覺。十多公里的路程，只要二十多分鐘，便可抵達目的地。回程時，帶着一些日需用品，也帶着一身輕鬆，卽遇上坡路，也一樣騎車上衝，面無難色。等到抵達頂端，再回顧爬行路程，每有歷盡坎坷，不畏艱難的豪興。六年歲月，便在風馳電掣中，騎着那部單車，一晃便已過去。

在那段期間，我因爲常騎用單車，身體鍛鍊得非常結實，平時睡眠良好，不畏風寒，不像現在容易感冒。所以說，騎單車益處當中，以第三項使我受益最大。

也因爲自己擁有那部新單車，好像變起眼似的，人家愛屋及烏，認識了附近的兩位小姐。一是以借車認識，一是在中途休息站而趁機聊天。雖然都未能有進一步的交往，但機會都是自己放棄的，也算是在那段騎單車的日子中，兩件小小的插曲。

後來，我轉往山區執教，山路崎嶇，單車已無用武之地，只好把它割愛送人，幾經親友轉送，已報廢棄之如敝屣。我看到昔時心愛之物，歷盡世路滄桑，不免發出「思古」、念舊的幽情，只是沒有愴然而淚下罷了。

最近十多年來，我只是靠着兩條腿，上下山坡地帶，眼看到人家都騎用摩托車，甚至開私人轎車，比我過去「炫耀一時」的單車，要風光十倍、百倍，心理上老是有個疙瘩。朋友們也勸我購買一部，再鼓起當年之勇。我幾經考慮，基於各種因素，還是打消買車的念頭。因為轎車我買不起，也無此需要，不必打腫臉充胖子。開轎車不但耗費能源，而且停車場所也發生問題。摩托車雖然方便迅速，但危險性頗大。我是一個有唐朝賈島性格的人，常喜歡在走路時推敲詞句；萬一騎車撞上電線桿，那後果將不堪設想。騎單車雖然落伍，但輕便安全；無奈山區坡陡路窄，受到地形限制。因此，買車對我來說，就像棉花店失火——免「談」了。

所以，我還是利用這雙天然腿，開我的「十一號」自用車，獨來獨往盤坡轉徑，無往而不利；不但可節省能源，而且也不會製造噪音和交通事故。我常在教學之餘，安步當車，躑躅在這山區小徑，過着優閒散步的日子，仍然自得其樂。

我懷念那段年輕時光，更難忘那段騎單車的日子。

（七十二年二月號中華文藝）

第四輯　書香專輯

書香·茶香

昔人王安石說：「貧者因書而富，富者因書而貴。」千百年來，成爲兩句名言。我敎書已屆滿二十年，一家四口，勉強維持生活，因家無恒產，依然兩袖清風；雖然也藏有兩大櫃書，但並沒有使我富裕起來。

相反地，大家有個相同的看法：現在一般富有的人，大都享受國家經濟起飛的成果，出入以轎車代步，有酒盈樹，雖然不常買書，而仍然家庭富裕。有錢可以「長袖善舞」，變成富者因錢而貴了。

當然，這也許是某些人一時的憤激之言，而那些因錢而貴的人，畢竟是少數中之少數；何況那並不是代表眞貴。所幸大部分青年，仍然熱中讀書，君不見每年大學聯考，多少人都在爭擠窄門，可見讀書仍然爲大家所重視。

不過，讀書的目標和心態，重在實用與興趣。如果爲考試而讀書，只知死背課本，生吞活剝，把讀書作爲求取功名利祿的敲門磚，那反而痛苦了。

古人以耕讀傳家，把讀書的家庭，稱爲「書香門第」；把胸無點墨，視財如命的人，目爲滿身銅臭。實際上「香」與「臭」從何處鑑別，只要觀察兩者的行爲和氣質，便可以判別出來。

古今中外頌揚讀書的名文名著，開卷卽得，除了對古人「開卷有益」這句話，要作新的詮釋以外，都認爲讀書可以實用、消遣和陶冶性靈。讀書除了可以獲得工作和生活上的知能以外，對精神生活的充實，只有自己遨遊在書海的人，才能體會到其中的樂趣。至於把讀書作爲業餘消遣，未嘗不是正當的休閒活動。多看閒書，總比把精神耗費在賭博場中、風月場所，或終日渾渾噩噩，言不及義要高尚得多。目前政府正倡導國人多多讀書，充實知識，正是改善社會風氣的治本之道。

英國的史邁爾斯說：人們可以從一個人的書籍及交友中，看出他的爲人，因爲人與人間有友誼，人與書間也有感情，一個人應永遠和良書益友生活在一起。

古話說：「由來富貴原如夢，未有神仙不讀書。」因爲讀書是人生最高境界的一種享受，也是精神生活的食糧，並能啓開我們心靈的智慧，更能改變個人的氣質而排脫俗氣。倘若你是生有讀書習慣的人，你會嫌光陰太短。

我喜歡買書、讀書，家中藏書雖然不多，但尚夠本身工作之所需。然而，學海無涯，慾望是無止境的，學然後知不足，愈讀書愈感覺知識的需要。因此，我經常買書、讀書。我讀書注重精讀，不但古籍和古典文學是如此，即或新文藝書籍，仍在揣摩學習之中。遇着一些名人名著，更使人多讀不厭。閒時徘徊在書室中，看到那些色彩艷麗、印刷精美的新書，聞到那股書香的氣息；不看內容，也足夠欣賞和流連的了。

從多年的讀書當中，體會到古人所謂「貧者因書而富」，其中的富字，應指心靈的充實而言，並非財富的富。否則，爲「黃金屋，顏如玉」而讀書，則愈讀愈覺俗氣了。至於「富者因書而貴」的貴，也並非專指尊貴而言，乃指氣質的高雅，和心靈的澄澈；從書中散發出古人的芬芳德澤，傳誦學問文章，使人沉浸陶冶，愈嚼愈香。有人說：「不讀書是眞庸俗，無知識即眞貧窮。」可作爲此二語的補充詮釋。

我國人喜歡喝茶，從神農嘗百草，以茶解毒時起，已有五千年的歷史。中國人開門七件事，茶爲其中之一，喝茶已成爲我國的國飲。

關於茶葉的品評，泡茶的方法，和喝茶的功效，唐朝人陸羽著有專書，被後人奉爲茶神。晉人盧仝嗜茶，自謂「一飲七碗，兩腋生風。」在古老的社會裏，醫學不甚發達時代，茶葉成爲一種家庭必備的良藥。內服可以清涼降火，下氣消食；外敷則可解毒殺菌，消炎祛膿。一般人甚至把茶葉當做病中病後恢復元氣，和提神醒腦的藥品。

現在年輕人雖然喜喝新式飲料，拋棄國飲；但因近年來經政府的提倡，加之本省名茶產地甚多，並經醫學家的實驗，認爲喝茶可以預防癌症，已引起國人的重視。因此，大家又漸漸恢復喝茶了。

我的故鄉蘄春，過去亦爲名茶產地，所以從小就嗜好喝茶。——一壺在手，可以清心，早有領會。近十多年來，寄寓在南投鹿谷，正是凍頂名茶的產地，可以喝到道地的好茶。此地雖無崇山峻嶺，却有茂林修竹，茶山遍野，滿嶺青叢，茶葉飄香，隨風吹拂。每當閒時散步，或躑躅山陬，不覺心怡神暢。而一壺名茶，小杯啜飲，更覺芬芳撲鼻，齒頰留香。我不善杯中物，但嗜好飲茶，已經進入「不可一日無此君」的境地，與手中不可無書，成爲個人生活的兩大嗜好與情趣。平常陶醉在書香與茶香之中，而自得其樂。

從多年來的讀書與飲茶當中，所受體驗，冷暖自知。前者雖沉浸在古人的書香德澤裏，但總難免面目可憎，道行不高，尙須多加參悟；而後者雖不諳茶道，但飲法隨人而異，有時大杯牛飲，亦大呼過癮。多讀書，受益不盡；多飲茶，不失爲強身之道。書香、茶香，乃相得益彰也。

（七十一年八月一日臺灣新生報書香旬刊）

讀書價值觀

讀書的目的何在？讀書的價值若何？這是一個很重要的問題。隨着時代的變遷，一般人的觀念不同，所得到的答案，也有所差別。

從前在專制時代，實行科舉考試，一般人都爲求取功名而讀書，所謂「十年窗下無人問，一舉成名天下知。」只要考取了舉人、進士，不愁不能升官發財。雖然士農工商各執一業；但「萬般皆下品，惟有讀書高。」士爲四民之首，讀書人在社會上非常受到重視。

又因爲在農業時代，社會結構單純，國家閉關自守，沒有西洋文化的輸入。讀書人要讀的書，範圍也非常狹窄，莘莘學子，平常所揣摩的，無非是國學古籍，詩賦文章；至於琴棋書畫，乃是業餘和次要之事。一般知識份子，大都只有做官和做詩兩件事；而做官的人，大都擅寫詩詞。年輕人只要用功讀書，詩賦文章做得好，求得功名，不愁沒有出頭的機會。一位士人往往因爲一首名詩，一聯名句，贏得當政者的激賞，便可以揚名天下，而走入仕途。

所以一般爲父母的，那怕是生活環境再苦，也要讓孩子讀書；因爲自己吃過不識字的苦頭，總希望自己的孩子也能出人頭地，甚至高中狀元、進士，以光耀門楣。一般人不但注重讀書，而身爲老師的，也隨着受人尊敬了。

過去的人，把讀書當做一種職業，一般人也以耕讀傳家。他們自詡以筆爲犂，以硯爲田，只要書讀得好，不愁沒有飯吃。宋代皇帝眞宗，不但勉勵人書中自有華屋美眷，而且有高車駟馬，可以食祿千鍾。知識份子受到這樣的激勵，難怪當時一般人都要死讀書了。

更因爲從前政治專制，人民頭腦醇厚，當縣太爺的只是在做官，而不注重做事，當皇帝的只要有一二重臣，把國家治好，便可以穩坐江山，安享皇帝的基業。教育上不必講求科技，自然科學本來沒有，無從去謀求發展，讀書人只有去專精國學。只要書讀得好，自然有出息。讀書人的地位，和讀書的價值觀念，就隨着提高了。

自從歐風東漸以後，國人受到西洋文化的激盪，和固有民主思想的覺醒，使大家改變死啃書本和做官不做事的觀念。又因爲當時國家政治腐敗，夜郎自大，難敵西洋堅船利砲之轟擊，以致割地賠款，喪權辱國，國家一蹶不振，淪入次殖民地的地位。所以有心人士，才倡導科學救國，非迎頭趕上歐美，不能挽救國家的危亡。

國父推翻滿清，創建民國。先總統　蔣公領導對日抗戰，贏得最後勝利，提高了國家的國際地位。近三十年來政府在臺灣的各項建設進步和經濟發展，使外人刮目相看，譽爲奇蹟。雖說大陸河山未復，但中國人畢竟在世界上擡起頭來了。

但是，由於國家的建設蓬勃發展，社會經濟繁榮，國民所得提高，大家生活富裕，以致一般人偏重物質享受，而忽視精神生活，更輕視讀書了。少數人只知道住洋房，駕轎車，家中少不了豪華客廳，酒櫥上琳瑯滿目，而不見有書本的陳設。平時忙於交際應酬，更遑論去接近書本了。知識分子的所得偏低，難比生意人的生活優裕，社會上以收入多寡，來衡量職業地位。一個大專畢業生的收入，有時候比不上一名工人，所以有人曾慨歎讀書無用，雖說是一時的偏激之言，但看看現在的社會，有些確是事實。

至於多讀書有什麼用？那只是價值觀念的問題。人之所以爲人，除了爲自求生存以外，還要有爲社會服務的人生觀。 國父說：「革命的基礎，在高深的學問。」又說：「人生以服務爲目的。」要立志革命，要爲社會服務，當然非多讀書不可。古人以立德、立言、立功爲人生三不朽。聰明才智愈大者，當爲全國人民服務，造千萬人之福；聰明才智較優者，當爲社會大衆服務，造千百人之福；至於一般衆人，更非多讀書不可，以適應本身生活的需要。書有書香，錢有銅臭，一個雅人與俗人的差別，只要稍從他的氣質和談吐上，便可以判別出來。

要知道國家經濟起飛，還要靠讀書人的經營謀略，不是光憑工人的舖沙堆石。多少人勞心勞力，大家才有今朝；如果大家都不重視讀書，那我們勢將成爲落後地區人民。國家在時代的巨輪下，將要反開倒車。探本索源，惟有在大有爲政府領導之下，全國人通力合作，才能求取國家社會的進步。

現在世界科學昌明，已到知識爆炸的時代。又因爲人口壓力的增加，就業機會減少，新式科技不斷發明，機器人將要替代勞工。大家都在動腦筋，發明創造，甚至向太空發展；如果大家不重視讀書，不學習科技文明，保持現狀，就是落伍，要是只重視眼前生活享受，而不往遠處大處着想，那只是眼光短視者的想法。在二十世紀科學競爭的時代，惟有多讀書，在知識上謀求發展，才能求取國家進步，以維持個人的生活水準。

「教育救國」爲中外歷史家所公認，而救國之道，首重科技。要求科學的發展，惟有大家多多讀書，充實知識，才能適應時代要求。所以追求知識，充實精神內涵，是作爲一個現代國民的基本要求。

除了自然科學和學以致用以外，一個人不得不有文學的修養，以陶冶性靈。日本雖然已躍爲經濟大國，發展物質文明；但日本國民讀書風氣仍然濃厚，贏得外人的讚譽。所以多讀書，多看文藝作品，仍不失爲調劑精神生活的良法，只是要知所選擇罷了。

有人說，一部偉大文學作品的問世，它的潛移默化力量，可使社會上減少一座監獄。西人所謂「知識卽道德」，一部好書，對於社會風氣的改善，當有莫大的裨益。甚至還有人說，一位偉大作家的筆端情感，可影響或抵擋一個兵團的戰力，此言並非誇大。

俗話說：「好景怡人性，好書淸人心。」讀書不但可以富國利民，求取利用厚生之道，而對於心靈生活的陶冶，遠勝於普通娛樂。如此說來，我們應該重視讀書的價值觀念，多多讀書才行。

（七十一年十月一日臺灣新生報書香旬刊）

讀書的心態與方法

為什麼讀書？怎樣讀書？中庸上說得很明白。它說：誠實，是天理的本然；做到誠，是人道的當然。人要明善，而且要擇善固執，凡事要止於至善的境地。如此說來，讀書的目的，在乎明理，在乎誠實，也就是明是非，別善惡，自強不息的意思。從修身而齊家，進而為國家社會服務。

「博學之，審問之，愼思之，明辨之，篤行之。」是古人求學的五個層次。從廣博地學習，詳細地請教，經過愼重地思考，明白地辨別，進而切實地實行。要學就要完全學會，要問就要問個清楚，要想就要想出道理，要辨就要分辨明白；如果中間有某個階段，學習上有問題，決不放棄，一直學習到底，等到豁然貫通，以求學以致用，即知即行。要實行就要切實地去做，而且要做出好的成績來。

至於讀書的方法，宋代大儒朱熹說：「余嘗謂讀書有三到，謂心到、眼到、口到。」也就是眼觀，口誦，心維。近人又加上手到、脚到，認爲求學不但要用腦去想，還要用手去習作，更要用脚去探察。不但要讀有字之書，而且還要讀無字之書，所謂「世事洞明皆學問，人情練達亦文章。」卽是此意。

司馬遷因曾周覽天下名山大川，始能寫成偉大的鉅著「史記」。明代顧炎武出外旅行時，輒載書自隨，以所見與書本所記相印證，故能成其「天下郡國利病書」。古人很重視「讀萬卷書，行萬里路。」他們早有讀書五到的倡導；所以我們讀書一定要讀活書，舉凡社會經驗，人情世故，無一不是我們學習的對象。必須身心並修，手腦並用，眼到脚到，實事求是，才有眞實的心得。

近讀清人張潮幽夢影一書，對於讀書的層次，又有一番新的詮釋。他說：「少年讀書，如隙中窺月；中年讀書，如庭中望月；老年讀書，如臺上玩月；皆以閱歷之淺深，爲所得的淺深耳。」

少年時代讀書，只是奉父母之命來讀，雖然有嚴師的教導，同樣是在一起讀書，有人專心致志，心無旁騖；有人則一心以爲有鴻鵠將至，思援弓繳而射之。就如在空隙中窺望月光，有人逼進門縫，稍有所見，有人只隨眼一瞄，只見一片迷茫。所費的功力多，收穫就愈大。經驗閱歷雖淺，仍是讀書的黃金時代；如果爲混時間而讀書，或者只是想讀書而不認眞鑽研，雖然有皓月當空，也難見清輝美影了。

人到中年，年歲漸大，閱歷漸深，且已婚嫁生子，事業有成。或因需要而讀書，或因修身而養性，既無父母督促，又無嚴師鞭策，完全基於自己的愛好，主動來讀書；就像是皓月當空，清輝照地，一個人置身庭中，或坐或立，或俯或仰，靜賞美麗的月光，默察風雲的變幻。或雲破月來，好花弄影；或明月高掛，星光滿天，完全是一種美的感受。人生經驗旣豐，讀書的興趣，隨着增加，領悟也更多了。

人在少年時代，只知道要讀書；中年時代，變成喜好讀書。古語說，知之者不如好之者，讀書的感受，樂在其中，所學也比較深刻。平時一卷在手，神交古人，書中世界，任你遨遊神往，令你廢寢忘食，令你樂以忘憂，不知老之將至云耳。

人到老年，年齡愈長，閱歷已深，且領悟力更大。學問文章，已厚植基礎，道德修養，更臻於高境。孔子所謂六十而耳順，七十而從心所欲，不踰矩。所以一般聖哲學者，愈到老年，求知欲愈高。這時候讀書，好像獨立高樓，舉頭玩月，盡得青空美景，正是「半畝方塘一鑑開，天光雲影共徘徊。」書中情境，猶如源頭活水，神遊書海，已登堂入室，浸淫其中，其樂無比。所謂「好之者不如樂之者。」這時候，有了淵博的學識，和豐富的人生體驗，得以立言立德，使後人知所效法，爲讀書之最高境界，值得景仰。

總之：讀書要博要廣，更要講求方法，爭取時效；而且要知所選擇，不可瞎濫讀書。少年爲前途讀書，必須不忘愛鄉愛國。中年人學以致用，志在復興邦國，造福人羣。老年人傳道授業，使中華文化歷久彌新。而讀書的目的，首在明禮尙義。孟子說，人有不爲也，而後始可有爲。處此國難當頭，一切應以國家民族、全民福祉爲前提，再不是爲個人升官發財，爲黃金屋、顏如玉來讀書了。

（七十一年六月一日臺灣新生報書香旬刊）

背書聲裏念師恩

在上國文課時，我問學生說：「什麼叫做背書？」

「背書就是背書。」他們異口同聲地答道。

「那麼，背書的背怎樣解釋呢？」

…………

他們都茫然不知所答。

由於時代的遞嬗，社會型態的變遷，一般人都不講究背書；而且，他們沒有那種背書的經驗，難怪學生們回答不出來。

什麼叫做背書？

照我的解釋：「所謂背書者，就是背對着書本，誦出書文也。」從前，在農業社會的私塾裏，大都採用這種教學方式，學生要死背書本，以求熟記。後來，新式學校設立，採取班級教學，注重學生理解能力，雖有國文老師要求學生背誦；但採取的方式不同，更沒有那種嚴格要求了。

我是生長在新舊交替的時代，讀過幾年私塾後，再去插班讀小學。私塾裏，所讀的大都爲四書和雜記範本。老師圈點若干章節教讀以後，不加講解，就要學生讀熟拿來背誦；背好後，然後再教再背，必須背熟若干進度以後，才可放學回家。

背書時，把書本放在老師桌上，背對着書本，面向外張脚左右擺晃，口誦書文；老師觀書靜聽，必須背得一字不錯，始可再教下一進度。私塾裏不但沒有英、數、理、化，更沒有體育、音樂、美術，整天都是讀書、寫字，頗覺枯燥乏味。

私塾的教學方式，是不到開講時，不給學生講書。初入學幾年，只是死讀死背。我只讀過三年私塾，還沒有到開講的年齡；但已讀完四書，五經中除禮記、易經未涉獵以外，其他都算讀過。雖然未能大部了解，但由於老師要求嚴格，大都分章背誦過，至今仍印象深刻。以後溫故知新，自行鑽研，仍然可以活用。古話說：「夫子之牆數仞，不得其門而入。」國學浩如煙海，古籍汗牛充棟，我不敢奢望登堂入室，但總算稍啓其蒙。飲水思源，不得不感謝私塾時孫、張兩位老師的諄諄教誨，和背誦的功勞。

後來，我插班讀小學五年級，當時因鄉村教育不發達，大都讀過幾年私塾以後，再去讀小學。所以國小五年級的學生，很多已經結婚生子，和現在國小學生相比，難免引爲笑料。

由於學生年齡較大，國小的國語課本，比現在艱深得多。又因爲當時沒有升學的壓力，老師可以自由選擇教材；而教我們國語的那位范老師，雖然年齡不大，但國學根基，却非常深厚。他爲我們選了很多篇古文，作爲補充教材。除了詳細講解以外，還要求我們切實背誦，毫不馬虎，眞是一位難得的恩師。

三十多年以後，一次我在寫作時，遇到描寫情景相似的文章，筆端忽然冒出幾句古文，引用後，竟然不知其出處。因爲讀過的文章太多，一時無從查考。

例如：我寫一處雨後山景，忽然引用古人詞句：「山巒爲晴雲所洗，娟然如拭，如倩女之靧面，而髻鬟之始掠也。」

又如寫此地山居，雨後多霧，風勢驟強，曾引用：「局促一室之內，欲出不得；每冒風馳行，未百步輒返。」

這些引語，在爲文時，語隨筆至，在文中增加寫景力量；然而，多年來始終找不到出處。直到有一年教學國中國文時，後面閱讀舉隅裏，收有明朝袁中郎的小品文「滿井遊記」。當我在講解該課課文時，忽然發現有上述兩則引語，正是「踏破鐵鞋無覓處，得來全不費工夫。」一時喜不自勝，儼然一重大發現；而舊時恩師教學情景，回映腦中，使人憶念難忘，更難免引起惆悵之情。

此外，范老師還教過明朝歸有光的「項脊軒志」和「先妣事略」等文，當時均經徹底背誦過；後來在寫作時，亦曾於無意中引用。當我找到原文時，再加誦讀，倍感親切和神往，師恩浩蕩，感佩難忘。

「林覺民傳」和「與妻訣別書」，也是范老師在當時教過的。這在抗戰期間，喚起青年從軍報國，影響甚大。後來，在故鄉淪陷時，我之所以毅然棄學從軍，投考軍校深造，可說受范老師的影響甚大。

現在，國中國文課本，收有「與妻訣別書」，幾次在講解該文時，我便引用「林覺民傳」部分內容，對照補充講解，使學生深受感動，增加教學的效果。因爲其中章節，大都尙能背誦；可惜原文迄今尙難找到。

我在國小六年級和初中三年級的國文老師，都是前清時代的秀才。教學時，給我們背誦過很多篇古文，使我獲益匪淺。一位陳老師，竟把他當年考秀才中榜的論文——「東晉南宋比較論」抄給我們背讀；使我們不但學習到國文，更增加史實的了解。

現在，我也在講臺上教學國文，自慚腹笥不多，難免誤人子弟。也曾要求學生背誦課文，但由於時代不同，學生懶於精讀。卽或臨堂要求他們背誦，也只是全班站立誦讀，無法嚴格要求，每感心有餘而力不足，更愧對昔日恩師的苦心教誨。

「背書聲裏念師恩」——這是我在教學和寫作上，對過去教過我的許多位國文老師的懷念與感激之情；而我對國小時代范老師的教學印象，更爲深刻難忘。

（七十一年十二月一日臺灣新生報書香旬刊）

懇切的叮嚀

——讀「給青年朋友的信」

由於時代的變遷，社會繁榮進步，更由於人口壓力的增加，形成升學與就業的競爭；一般青少年處在這新舊交替的時代，一時頗難適應。大家物質生活雖然提高了；但精神生活甚感苦悶，這在中老人如此，在青少年尤爲顯著。

還有，便是婚姻的徬徨、戀愛的失敗、升學的壓力和就業的困難，以及結婚後生活不美滿，事業的不如意，在在都是問題。這些人如果沒有師長的教導、社會的關懷、父母的寬慰、和朋友的勸勉，往往會自暴自棄，形成社會問題；甚至會走上極端，造成個人的悲劇。

所幸大部分青年人，都能力爭上游，有爲有守。他們在求學或工作之餘，把工作寄託在讀書和寫作方面；可是，由於現在印刷業發達，書店裏的書籍，眞是汗牛充棟，不知要選讀何類爲好？他們雖有志寫作，但在摸索中受不住退稿的打擊，無異給他們澆上一頭冷水，這在他們更需要一位熱心長者的指導。

前輩作家謝冰瑩女士，向來熱愛青年，獎掖後進，喜歡和青少年朋友通信，爲他們解答切身的問題。最近她把多年來和青年朋友通信的書札，整理成一套「給青年朋友的信」，交由三民書局發行。本書是以書信的方式，回答青年朋友所提出的問題，內容約略分爲兩部分：上册是對青年朋友最關心的交友、戀愛、結婚、離婚、讀書、寫作等問題，給予詳細而親切的解答。下册爲作者以五十多年的寶貴寫作經驗，告訴青年讀者怎樣寫散文、小說、戲劇、電影、兒童文學和怎樣欣賞世界文學等。

這兩本書不但爲青年朋友解答許多的切身問題，消除精神上的徬徨、苦悶，提出可解決之道；更是一套供給青年寫作參考、讀書指南的精神上安慰的好書。這是一位老作家的愛心表現，更是一位長者的懇切叮嚀。

作者是不贊成中學生談戀愛的，如果要交異性朋友，必須把友誼與愛情分開，不可因感情衝動而缺乏理智，以致陷入苦海而不能拔救。失戀了怎麼辦？結婚是不是戀愛的墳墓？怎樣選擇對象結婚？離婚以後怎麼辦？在這些問題裏，作者都有懇切的分析，提供如何自處之道。

在上册裏，作者對青年人提出許多有關「讀書與寫作」的問題，有很詳盡的答覆，與懇切的勸勉。

作者出身於讀書世家，其令尊及兄長均酷愛讀書，家中藏書多達五、六萬册。她在中學五年裏，閱讀世界名著卽多達五百種以上，奠定了她日後寫作的基礎。

她勸告年輕人讀書要有計畫，凡事要把握今日，不可等待明天。年輕時代不懂得珍惜時光，到了老年才知道時間的寶貴；可是，日月逝矣，已經追悔莫及。

謝女士平日有寫日記的習慣，除兩次因不得已而短時間停筆外，自稱六十年來從未間斷。她會利用零碎時間，腦子裏常在打腹稿，平時所見所聞，都是她寫作的素材。那怕是片刻時間，她會利用膝蓋提起筆來寫作。有時候，一篇兩千字的散文，曾放下筆達四十二次之多。

她回答青年朋友提出二十個寫作的問題：解釋什麼叫做靈感？怎樣抓住靈感？怎樣蒐集材料？如何處理題材？多讀、多想、多寫，才是寫作成功的不二法門。要想文章寫得好，除了主題正確、內容充實以外，還要不厭其煩地修改，才能使寫作日漸有功，達到爐火純靑的境地。

在下册裏，作者對「讀書與寫作」諸問題，有較深度的答覆與論述。她介紹一些西洋名作家如托爾斯泰、斯蒂芬遜、左拉、巴爾札克；還有福羅拜爾、莫泊桑、哥德、拜倫，以及羅曼羅蘭、迭更斯、都德、大小仲馬等名作家的名著和寫作歷程，正可供有志寫作的青年朋友的借鏡。

她說：散文的篇幅往往較短，但愈短愈難寫。作者必須先有文學的素養，多讀多寫，使文章簡潔流利；此外還要有敏銳的觀察、豐富的想像、熱烈的感情和正確的思想，……必須平時多加磨鍊，等到功力深厚，自然寫得出好的文章來。

怎樣寫小說？尤其是短篇小說，這是一般有志寫作的青年所最關心的問題。作者除介紹短篇小說的定義、構成的要素、寫作的技巧，和應該具備的條件以外，還引用海明威的話說：「一篇小說最要緊的，要有一個動人的故事。」作者強調：文藝有社會性、時代性、和現實性的；它的使命在指導社會、創造人生。有人說，作家是人類心靈的工程師，由這裏便可以體會出來。

如果你想學寫電影脚本，喜愛兒童文學，欣賞世界名著，和探求一些文藝理論，書中也都有範例和介紹。作者的熱情、誠懇，在答覆讀者的問題中，處處可以看到。

謝女士自稱已到望八之年，但她的熱情和意志，仍然沒有衰老；甚至童心未泯，仍然能和青年做朋友，更喜愛和小朋友通信。她曾經跌傷了右手，練習改用左手給青年朋友寫信。有時候，因爲疲勞頭暈，或是手痛、眼疼，一封信停筆五、六次，仍然要把它寫完。

作者勸告青年人：我們不做溫室裏的花草，要做暴風雨中的古松；不是象牙塔裏的嬌兒，而是冰天雪地中的梅樹。我們的生活愈艱苦，愈顯得我們的人格清高；命運愈悲慘，便愈能寫出感人的文章。只有能忍耐、不怕苦的人，才有成功的希望。

以上這段話，不僅是老作家的勸勉之言，更是一位長者的叮嚀告誡，和一片愛心與期望之忱。

青年朋友們！看完了這兩本書，我們能不感動振奮？我們還有解決不了的問題嗎？

（七十一年六月二十一日臺灣新生報書香旬刊）

孩子的書房

西諺有句話說：「一間沒有書籍的房子，正像一個沒有窗戶的房間。」照這樣說來，一間房屋固然不能沒有窗戶；同樣，一個家庭更不能沒有書橱。因爲書籍是儲藏智慧的不滅明燈，撇開學以致用不說，多讀書可使人變化氣質，增加生活的情趣；讀書有益於身心，猶運動有益於身體。所以西人西塞羅說：「室中無書籍之擺設，好像人的身子缺乏精神一般。」可見書對於人生的重要性。

教了很多年書，我常以「我的書房」來作爲作文課的題目，教學生作文。有人說：我從國小到現在，一直沒有書房，要讀書寫字，家中沒有固定場所；尤其在電視機旁做功課，很不能靜下心來。

有人說：我家雖有一間書房，是和兄弟姊妹們共用的，大家搶着佔位子，讀書很不方便。

又有人說：我以前沒有書房，因爲新蓋有樓房，兄姊們已經長大外出；爸媽爲我另闢一間書房，我的讀書環境很寧靜，我應該感到滿足，安心讀書。

從以上看來：有的人沒有書房，希望有個書房，甚至想要個獨用的書房；有的人已經擁有一間書房，生活感到滿足，像這種情形的人，說來比較少。

無論有否書房，他們都異口同聲地說，他們都缺少書籍。有人說，他們雖擁有書房，但書架上書籍很少；除了一些教科書和畫册以外，課外讀物非常的少。

從前的社會，因爲敎育不普及，讀書的人不多；卽或讀過幾年書，後來因爲謀生的關係，已把讀過的書，束之高閣；甚至不知去向。因此，家有藏書，在以前算是一種奢侈，更遑論擁有書房了。

現在，由於社會經濟繁榮，而且敎育普及，受過大專敎育的人，到處可見；但是，話說回來，因爲國民生活水準提高，大家都偏重物質生活的享受，而忽視精神生活的充實；除了一些學者、知識分子經常讀書，闢有書房以外，一般人很少有專用的書房來讀書，倒是客廳裏不能沒有酒橱，以顯示新居的氣魄。所以有心人士早已大聲呼籲——變酒橱爲書橱，希望少講究排場，多吸收點書香氣息。

這種呼聲，近年來好像有些效果。君不見有些大部頭書，一批批出籠，雖然價格昂貴，偏偏銷路奇佳；尤其是精裝的畫册書籍，購買的人更多，可見很多人已很注意讀書了；至於買的那些書有沒有去翻閱，又當別論。

成人們已經漸漸變酒樹爲書樹；甚至書樹與酒樹兼具。或因工作與職業關係，無法專心讀書；但每個家庭中很少沒有孩子。我們這一代爲了生活關係，不能經常接近書本；但孩子們正在求學期間，不能沒有固定的場所，讓他們安心自修。

現在，由於國民所得增加，新建的樓房，如雨後春筍，家庭擺設也很現代化；甚至住地寬敞，可供家庭舞會。除了環境較差的家庭以外，實在應該爲孩子闢間固定的書房；如果眞是房間不夠，也應該有所分配，以便他們好安心讀書，增加學習的效果。

孩子有了書房，但不能沒有書籍，別的錢可省，買書的錢，應該列入家庭預算；除了教科書以外，應該多爲孩子買些課外讀物，而且買書應該買些好書。讀了一本好書，好像交了一位益友；甚至由書中一句話，使你一生受益無窮。同時愛讀書的人，永遠不會寂寞，一個坐擁書城的人，就像有無數的朋友陪伴你一樣。孩子們有書爲伍，享受讀書的樂趣，就不會去作奸犯科，淪爲不良少年了。

現在，印刷業發達，各種各樣的圖書，紛紛出版。好的書籍固然很多；但不良書刊，如暴力、色情、荒誕等刊物，仍然充斥市面。有人說，一本壞書，如一顆最黑的心，最容易引誘孩子走入邪門。所以孩子的課外讀物，如果不加以選擇，好的文藝書籍不看，盡看些黃色小說和不良畫刊；這些書看多了，非徒無益，而實有害，所以古人「開卷有益」這句話，在今天却值得商榷。

因此，做家長的，應該多帶孩子逛書店，進圖書館，爲孩子選購好書，訂一兩份報章、雜誌，以充實孩子的生活園地。如果自已果眞不內行，也應該請敎朋友或學校老師；不但要爲孩子多買課外讀物，也應該多和孩子們生活在一起；說不定由於孩子的書房內涵充實，減少父母許多在外無謂的應酬，這樣對家庭、對社會，都有很大的益處。

古書云：「富潤屋，德潤身。」王安石說：「貧者因書而富，富者因書而貴。」我們現在大都有新建的樓房，生活大大改善，物質條件已經很好，也應該往精神生活方面，去多加充實才對。

（七十一年五月一日臺灣新生報書香旬刊）

翠竹與韋編

從前有位士人，因爲家貧，過年時年貨短缺，家中雖然藏書甚多，但煮字不療饑；眼看到對面一位大戶人家，家財富裕，大作過年準備，且環境幽雅，菉竹猗猗，顯出一片繁榮景象。

在農業社會裏，一般人家，卽或再窮，也要貼副春聯應景。這位士人，在除夕當天，忽然心有所感，作了一副春聯，貼在門上。文曰：「門對千棵竹；家藏萬卷書。」他雖然家貧；但君子固窮，自感家藏詩書萬卷，總比你一叢竹林，滿身銅臭要好，心中頗覺坦然。

這位大戶人家看到以後，心中好生氣惱。他雖然富甲鄉里，但胸無點墨，竟然被一貧窮士人所揶揄，在氣勢上屈居下風；可是又不便發作，只好悶在心裏。

第二年，他爲了還人家一點顏色，在過年前夕，喝令家人把滿林竹子砍了半截，變成有竹無頭，想觸觸那位士人的霉頭，自感頗爲得意。

誰知道那位士人看到後，春聯仍然照以前書貼，他觸景生情，只是把上下聯各加一字，變成：「門對千棵竹短；家藏萬卷書長。」看看誰的頭腦靈妙。

當然，這位大戶人家更加生氣，在第三年除夕前，竟然把居家附近滿林的竹子，砍個精光，看看你還有什麼可寫？

然而，這位士人更妙了，既然對面沒有竹子，但家中藏書仍然豐富；他的春聯仍然和往年相同，只是再各加一字，變成：「門對千棵竹短無；家藏萬卷書長有。」他貧窮如故，但春意盎然，富人自認倒楣，也無話可說了。

我的住處，就在出產凍頂名茶的凍頂山麓，附近除茶園以外，又多竹林。茶山青翠，綠竹可人，環境非常幽雅。蘇東坡云：「無肉使人瘦，無竹使人俗。」我何幸寄寓綠竹叢中，洗却一身塵俗。

但是，近年來，由於凍頂茶銷路良好，生意特佳，一般人家都把竹林砍闢成茶園，使原本滿山的翠竹，變成東一塊、西一塊的童山濯濯，頓時間眼睛頗難適應。

所幸住處附近，和對面的山上，竹林仍少有砍伐，放眼滿山的翠綠，平添山居的情趣。而且，我喜歡買書，由以前一個書櫃，擴充爲兩大書櫃。我無副業，教學之餘，以讀書、寫作爲消遣。每年春節，我常按我的本名「世彝」二字，作兩副嵌字春聯應景，前後門各貼一副；多年來已貼過嵌字春聯將近三十副。同時，又按本姓「柴」氏，筆名「柴扉」寫就「春滿柴扉」四字，作爲橫披，成爲居家的標誌。

我雖家有藏書，但不敢誇稱藏書萬卷；但門對一山綠竹，却是事實。所以今年春節，我利用住處附近環境，套用前人聯語，作了一副嵌字春聯爲：「世家門對千棵竹；彝室樓藏兩櫃書。」以應年景。同時又因爲山區綠意盎然，乃改「春」爲「綠」，就以我的書名「綠滿柴扉」四字，作爲橫披，看來名副其實。

我更希望那滿山的竹子，不再被砍伐，以免「門對千棵竹短無」，有煞風景。竹裏居人原不俗，有滿山的竹子出產，不也是很好嗎？

（七十二年三月二十一日臺灣新生報書香旬刊）

腹笥與書櫥

從前的人，把人的一切思維活動，歸之於心臟器官。如讀書要用心，做事要專心。所謂「運用之妙，存乎一心。」把人與人間的情感交融，謂之心心相印。把人的心胸寬廣，以致身體舒泰，謂之心廣體胖。種種對心臟功能的讚譽，可謂用心良苦，一時講不完。

又把肚子當做裝書的器具——書箱。一般想好的文章，沒有寫出來的，謂之腹稿，自謙讀書不多，學識不豐富，謂之腹笥甚窘。把人的學識淵博，經驗豐富，謂之滿腹經綸。形容人學識淺薄，說他所喝墨水不多。批評人肚子裏沒有貨色，只空有外表，謂之金玉其外，敗絮其中。把人與人間眞誠相見，肝膽相照，謂之推心置腹。凡親信能盡忠誠者，稱爲某人的心腹。甚至言禍患之不易解除，或自內部而起者，謂之心腹之患。

唐朝，有一位郝隆先生，讀書甚多，學問淵博，但自視甚高。他常常拍着自己的肚子，自誇其中收藏的貨色甚多。有一天，他在光天化日之下，赤着身子，躺在門外曬太陽。人問其故，他說肚子裏藏書太多，經久未用，恐怕發霉，所以袒腹曬一曬，自稱曬書，正是把肚子當做書箱的先例。

直到後來，有人發覺：凡辦事不遂心，或是心情苦惱，常感頭痛。問題想不出，常猛拍腦袋。專心聽人講話，要偏着頭，洗耳恭聽。用功太多，感覺頭腦疲倦。後經科學家的研究證實，才知道一切思考的活動，都出之於大腦，而不在心腹。所以凡事要動腦筋，只有血液循環和食物消化，才是心、腹的功用。腦爲人一身之主，沒有頭腦的人，什麼事都辦不成功。如果遇着一個頭痛的問題，要是不動動腦筋，只借重於心、腹，是無能爲力的。

但是數千年來，大家都把心當做腦，在習慣上、語詞上一時改不過來；這裏爲着敘述方便起見，姑且也把頭腦的思考功能，暫歸之於心、腹，才好明白交代。

古代的人，因爲當時沒有印刷術，文字都刻寫在布帛、竹簡上，書籍字數既少，文字又簡，可以讀一句，記一句，把書中的內容，都記在肚子裏。讀書貴在實用，然後再表現在談吐和行爲上。因爲當時書籍不多，肚子就是書箱，用不着再買書櫥了。

後來發明有刻字印刷，漸漸改進爲活字版和鉛印，現在更有照相製版，彩色印刷，甚至以電腦排字；由於印刷術發達，書籍出版多，一時讀不完的書，只好暫時把它儲存，留待日後參考和抽出時間再讀；所以一般讀書人的書房，就漸漸備置有書櫥了。古話說：「溫故而知新」，讀過或未全讀完的書，留待以後再溫習，仍可悟出一番道理和心得，這時候，書櫥就發揮了代藏知識的功能。

現在，由於社會經濟繁榮，新建大厦林立，一般家庭的客廳，只有酒櫥而無書櫥，早引起有心人士的呼籲和詬病。近年來，經政府和文化界人士的提倡，以及個人精神食糧的需要，一般家庭也漸有書櫥了。不過，由於印刷術發達，一般書籍都注重外觀豪華，而忽視內容充實；看來都是成套的大部頭書，但有很多是盜版、拼湊的，弄得錯誤百出。一般人買來大都作爲裝點門面之用，很少有時間去翻閱，因此，腹笥與書櫥便無形中分家了。

英國人有句話說：書籍如不常翻閱，便等於木片。現代人，由於工作時間太忙，難得有時間閱讀，很多人想讀書，環境却不許可，所以買回來的書，只好束之高閣。何況有些大部頭書或工具書，並非全部皆須精讀，留待以後做參考時再翻閱，仍有實用價值。不過，眞正做學問的人，便只有死讀書了。你如果眞正心存讀書，一天之中，當可抽出部分時間，隨時隨地，利用零碎時間來讀書。

據說，博學的王雲五先生，曾讀通大英百科全書。文字學家魯實先先生，曾讀完四庫全書。古物學家李霖燦先生，曾讀完一套辭源。他們這種專心而有恒的讀書精神，實在使人驚奇和敬佩，眞正把肚子當做了書箱。

像上面這些大部頭書，人家都能讀得完；我們所購置的一般書籍，沒有理由不常來閱讀。而且讀書要有計畫，要有恒心，經年累月，總可讀完自己所想讀的書。

且為了要充實自己，使讀書能有實用和心得。我們最好將書樹與腹笥互相結合，時常與書樹接近，溫故而知新。如能變書樹為腹笥，把書都讀到肚子裏，那是再好不過了。

（七十二年一月十一日臺灣新生報書香旬刊）

第五輯　讀書寫作

逛書店

古語說：「學然後知不足，教然後知困。」愈讀書愈感覺腹笥窮困；長久教學，更發現所學不多。何況處此知識爆炸的大時代，科學發展，日新月異，從各個角度說來，愈感覺求知的重要。而且，學海無涯，載籍廣博，愈鑽研愈有所得，多讀書受益更多。對於一個喜歡讀書的人來說，最後，便變成爲讀書而讀書了。

我久住山區，除教學環境外，舉目所及，都是青山綠水，盈耳所聞，皆是鳥語蟲鳴。教學之餘，過着半隱居的生活。如果不是經常閱讀報紙，收看電視，簡直與外界隔絕。所以，除了本身工作以外，讀書、看報，便成爲業餘生活的重要部分；至於信筆塗鴉，只是隨興之所至而已。

我因環境和個人遭遇關係，年輕時候，讀書太少，去日苦多，現在追悔莫及。昔蘇老泉迄二十七歲始發憤讀書，我乃一普通人，開始用功進修，比蘇氏還要晚上十年，所以更感覺勤學的重要了。

凡是喜歡讀書的人，一定喜歡買書；而買書便離不開跑書店。寄寓山區，遠隔紅塵數十里，要想進城購物，總要隔一段時候；而要買的書，多從報紙廣告上看來。每天翻開報紙下欄，盡是出版消息，琳瑯滿目，不知如何選購？而我要買的書，一定要符合個人經濟條件，志趣所趨，及眼睛閱讀能力。價錢太貴的，或大部成套的書買不起；字體太小、排版太密，或印刷不清、紙張太白的書，眼力又無法適應。所以我要買的書，須親自翻閱過才買，讀起來，才符合個人的要求，而不致有吃力之感。

我逛書店的目的，除了要買適合自己閱讀的書籍以外，便是瀏覽各新書面貌，了解出版界動態；而最重要的，便是想多沾染一些書香氣息，來洗滌個人的塵慮。所以每次進城，百貨公司和電影院却難吸引我，只有書店、圖書館，才是我嚮往的所在，也只有多瀏覽書籍，才能滿足精神上的需求。

一般報紙上的書籍廣告，大都說得其好無比，又不斷有人爲文捧場，看過報紙以後，未免有些心動，實在也想去買一本；但是一經親自翻閱，不是字體太細，便是版面太密，甚至內容名不副實；所以好些世界名著、古典文學、和一些新文藝書籍，因爲印刷缺少改進，只好對書興歎而不想問津。到底人到中年，缺少年輕時候那種讀書的能耐；所以讀書貴及時，乃是年輕人的專利。

有些古典文學，雖然重新排版，外表裝訂豪華，字體也已放大，但版面仍因舊貫，沒有分段分行；以致整套厚書，讀起來非常不便，而紙質太白的，又有損目力。有些新版書雖然郵購回來，但一經翻閱，就不想再讀；只好擱置在書櫥裏，常有望書興歎之感。只有寄望以後逛書店，另覓新版，再行購買；所以同樣的書，有些都買過幾樣版本，未免浪費財力。以後凡廣告上宣傳再好的書籍，再不敢貿然郵購。只有在書店裏親自翻閱過，才安心購買回來。

鄰近鎮上有家書店，頗具規模，藏書不少，大約每半個月，我就要去光顧一次。在鄉間雖然也能買到好書，但畢竟沒有一般大書店齊全；所以有時間我便往臺中市發展。一方面是購買日常用品，而重點便是逛書店，以便選購一些好書回來。

一年難得去臺北一次，除辦事和訪友以外，便是跑重慶南路的書店，翻書翻得眼花撩亂，動輒便是大半天。走進光華商場的舊書攤裏，也好像尋寶一樣，總捨不得出來。而每次北上，又適逢國際學舍的書展，也是觀賞、買書的好機會。所以每次空手北上，總要帶一捆新舊書籍回來；雖不能說是滿載而歸，但總算不虛一行。

有些大部頭整套古籍，我雖然一時無法購買，但可以趁機瀏覽要點，或查證某一典故出處，獲取第一手資料，算是逛書店另一種收穫。當然，我不全是白揩油，有些重要典籍，事後還是分期購買回來。

我曾多次爲文，建議出版界：以後出版新書，外觀豪華固能吸引讀者，而內頁的改進才是首要之途。排版時，版面必須鬆疏，字體最好沿用老五宋，而對舊書舊版的重新分段，和新式標點，必須再下功夫；果能如此改進，那眞是爲讀者造福了。（七十二年七月二十四日中央日報）

讀書與寫作

為什麼讀書？隨着各人的身分、年齡與需要，而有所不同。學生讀書，為開創光明的前途；教師讀書，在求教學相長；而一般人讀書，在求學以致用。或為充實知識，或為業餘消遣，或應工作和職業的需要，或為修養性靈，要皆以讀書為先着。至於對一個喜愛寫作的人來說，除了充實生活經驗以外，惟有多多讀書，才可以擷取寫作的素材，激發寫作的靈感；沒有一個學者或作家，不需要勤奮讀書，就能寫得出好的文章來。

古人說，讀萬卷書，行萬里路。書籍是前人智慧的累積，記在紙頁裏，大都是呆板的；要想靈活運用，惟有出外旅行，多瀏覽，多觀察，以求與書本相印證，才能運用自如。

所以很多作家，在靈感一時枯竭之餘，大都出外旅遊，以求舒展心胸，擴大眼界；如此，寫出來的作品，才能深遠廣大。不過，旅遊固然重要，但限於各人的環境，未必都能隨心所欲；但把握機會讀書，却是一般人都能做到的。因為書籍是前人生活的精要，卽或不能暢所欲行，但如飽讀詩書，仍然寫得出良好的作品。杜甫不是說過：「讀書破萬卷，下筆如有神」嗎？這種神來之筆，都是從書本中得來。

在我所知道的作家當中，從他們的作品或談話裏面，知道他們過去都讀過很多書，尤其在年輕時代，就已打好寫作的基礎。或因家學淵源，或因生活環境，他們在小時候，就背誦過許多詩詞，讀過很多古籍，尤其是看過許多中外名著，再加上他們後來豐富的人生體驗，所以他們寫出來的作品，大都擲地有聲，可以一讀再讀。

也有許多多產作家，自稱筆不停揮，經常都在寫作；但他們除了寫作以外，缺少進修的時間。他們寫出來的作品，固然受到某些人歡迎；但細讀其文，感覺缺少內容，文章只是淡淡的，使人讀過之後，難得一點收穫。梁實秋先生曾以烹調蘿蔔湯，比喻寫文章。他勸人：「多放排骨，少加蘿蔔，少加水。」寫文章必須言之有物，使人讀來才不致淡而無味。這蘿蔔湯裏的排骨，就好比文章裏的精華；而精華的獲得，也必須從書本中得來。

很多名家學者，在旅遊歸來後，固然可推出一系列的優良作品；但有些人在文章不能突破時，便閉戶讀書，想從前人的書卷裏，吸收其經驗智慧，以作其寫作的借鏡。因爲生活體驗固然重要，作品的風格，也因人而異；而文筆的運用，和辭藻的修飾，還須從書本中學習。沒有一個不學無術的人——雖然有豐富的人生經驗，雖然走遍全世界——而可以自然下筆爲文的；更何況著書立說，傳之後人？所以讀書對於一個喜歡寫作的人，尤其重要。江郎之所以才盡，因爲他晚年生活變化，缺少讀書的緣故。

一個作家，寫出來的文字，必須對讀者負責。讀者可從他們的作品裏面，吸收其精華，以作其學習心得。因此，作家讀書，不但要廣要博，更要專而且精。引用成語典故，必須忠於原著，不可任意竄改，甚至張冠李戴，交代不清。所以作家除博覽羣書以外，更須具備多種參考和工具書，下筆時，細心查證，才不致誤筆或錯用，以免引起誤解或疑猜。

我常從讀書當中，發現古人所用的錯別字，後人引經據典，認爲可以通用。而近代的作家們，也不少人在名書名文裏，喜用錯別字。一般人也認爲某名家如此用，大概不致有誤，很少人去輾轉查證，尋求正確的答案；以致言人人殊，以訛傳訛。一般報章、雜誌和書本裏面，某些錯別字，大家都互相沿用，習焉不察；作者錯誤到底不說，更造成讀者的反學習效果。

魏文帝曹丕在典論論文上說：「蓋文章，經國之大業，不朽之盛事。年壽有時而盡，榮樂止乎其身，二者必至之常期，未若文章之無窮。」春秋魯國叔孫豹論古人三不朽，曰：「太上有立德，其次有立功，其次有立言。」司馬遷著史記，自謂：「欲以究天人之際，通古今之變，成一家之言，藏之名山，傳之其人。」孔子將「文學」列爲教學四科之一。可見古聖先賢，都很重視文學；至於著書立說，更視爲傳世之作了。

蓋文學範圍，涵蓋最廣，包括了詩、詞、戲劇和散文、小說等。它能啓迪人生，反映時代，一篇純正優美有肉有骨的文章，不但可以振奮人心，更可以改造社會。而文學作品的發皇，更可以振興國家，興滅繼絕。有人說：「作家是人類心靈的工程師。」、「文學是攻心的利器。」一個從事文藝工作者，其對社會、人類所負責任之重大，不言可喻。由此可知，文學對時代所負的使命，更是起衰濟溺，影響深遠。

所以作家除了多寫作、多觀察以外，更須多多讀書；唯有勤奮向學，才能寫得出更優良的作品。

（七十一年九月二十三日臺灣日報）

買書甘苦談

我小時候讀書不多，在抗戰期間求學，由於當時物資缺乏，鄉村文化水準落後；不但買不到課外書，連報紙也看不到。直到上初中二年級以後，才可看到兩週前的「歷史新聞」；至於什麼叫做雜誌，那只是聽說過的名詞而已。

那時候的學生，除了教科書以外，什麼書也買不到；除了手抄一些古文讀讀以外，根本無課外書可讀。青年人求知慾無法滿足，精神上難免感到寂寞空虛。

長大後，離開家鄉，每到一個地方，首先便是逛書店、跑圖書館。雖然口袋不充實；但經常總要買一兩本書閱讀。

來臺後，養成每天閱讀報紙的習慣，看定期的雜誌；只要是自己喜愛的書，而環境適合閱讀的，我都要設法買回來，以彌補過去少讀書的遺憾。

因此，我經常留心報紙廣告，只要有新書出版，適合自己閱讀旨趣的，便設法郵購回來，或到書店裏去翻閱選購；而買回來的書，除了大部頭及工具書以外，一定要儘量閱讀完畢，甚至勤做筆記，以求取眞實的心得。

以前出版的書，印刷不甚精美，字體大都細小，編排也不甚理想；但是我還是照買照讀。因爲以前年紀輕、眼力好、體力旺，一般細小的字體，在昏黃的燈光下，讀起來並不感覺吃力。經常午夜芸窗，一燈如豆，勤讀不輟，實在領略到許多讀書的情趣。

時隔將近二十年，現在買起書來，讀起書來，總有一份難以排遣的感歎。原因是很多內容很好，而眞正想要研讀的書，由於編排太密，字體太小而無法閱讀。每次拿起這類版本的書來，只見書頁內密密麻麻，字體和小螞蟻差不多，既不分段分行，而且一直排下去，讀起來教人喘不過氣來；尤其是字體太小，讀不到幾頁，不覺頭昏目眩，全身細胞緊張，終致無法完篇；較之過去見書就讀，想讀多少就讀多少，無論郵購的，現買的，都可以把它讀完，沒有浪費金錢和篇幅，簡直不可同日而語。

我所購買的書籍，大概分爲古籍、詩詞、古典文學和新文藝等種。現在印刷業發達，不但新書大批出籠，而且印刷精美，裝訂講究。以前不方便閱讀的書，現在都有人挖空心思，補充注釋或語譯；甚至把以前舊的版本，重新排版，分段標點，給現代的讀書人很多閱讀上的方便。所以過去我所買的書，由於現在版面改善，我都重購新的版本。每次買到一本好書，首先便欣賞把玩不已，而後認眞閱讀；讀完以後，必定妥善儲存，放在書架上瀏覽欣賞，好像購置到一份產業似的高興。因此，只要是自己喜愛的書，那怕是價錢貴一點，我都要購買精裝本；別的錢可省，買書的錢，我在所不惜。

不過，現在仍然有些書局，不朝字體、編排上改善，儘管外觀裝訂考究；而內容仍一如舊貫。每次想購買這類的書，只要先打開一看，見到那像螞蟻一樣的字體，我便縮手將原書放回，根本不敢問津。所以廣告上的書籍，儘管宣傳得天花亂墜，我根本不敢貿然郵購；萬一買回來那些小字體，版本不好的書，既花錢又不能讀，只有望書興歎的份兒。有些古典文學，雖說重新排版，把字體放大；但仍然不分段落，且版面寬大，排得又密，沒有區分上下欄，讀起來仍然相當吃力。

有些古籍和詩詞，雖然現在有人加以注音，重註和語譯，行文流暢，印刷精美，閱讀起來，實在給人方便不少，更可以滿足一般自修生的求知慾；可是在我看來，缺點仍然很多。有些正文字體大，而註解字體又太小。有些文句直譯，與原意相左，甚至把它譯錯了，很難買到一本理想的新譯本。所以買現在註解和語譯的新書，在信心上早已大打折扣。想要再去翻閱古版對照，不但花費腦筋，甚至很難買到良好的版本。因爲一些原版線裝書，除了圖書館留存和一些學者專門研究以外，市面上根本買不到。有些新版本古籍，市面上雖可買到，可是無頭無尾，那些原來的序文和凡例，都被刪除；甚至原著作者姓名和年代都找不到。

每次研讀古籍和詩詞，遇到難解的詞句，我都要對照好幾樣版本，才能求取正確的答案；而這些書籍字體太小，研讀困難，仍然是我一大忌恨；至於編排欠佳，尙在其次。所以這些書儘管外表裝潢再好，以後再不想問津。

我眞不懂現在一般出版業者，在現代印刷條件良好的情形下，爲什麼只專注重外觀精美，而不多爲讀者的眼睛想想。如果一般書籍，都能放大字體，將版面排稀疏一點，並且分段分行，標點正確；卽使價錢貴點，讀起來仍然值得。如果請人翻譯，也要愼重物色，不可粗製濫造，搶着出書；而出版的古籍，必須儘量保持原貌，千百年後，版本才不會失傳。要是都能照上面所述，放大字體，改進編排；不但可減少許多現代的近視眼，而中年以上的讀者，更是有福了。

（七十年十月一日中華日報）

寫作與讀書

前在某報曾發表「讀書與寫作」一文，今又續撰「寫作與讀書」，表面看來，兩者的題旨頗相類似；但細析內容，仍然有所差別。前者在闡述讀書對寫作固然重要，但仍須增加生活體驗，所謂「讀萬卷書，行萬里路」，強調多讀書、多旅行，兩者互爲啓發，相輔相成，才能寫得出更優良的作品；後者在說明旅遊與生活體驗，對寫作固然重要，但如果因爲客觀條件，不能擴大見聞，只要多讀書，吸收別人的經驗智慧，仍然可以寫得出優良的作品來。兩者的主題，都在勸人多讀書，多增進學識，能飽讀詩書，學問淵博，則殊途而同歸，對寫作同樣有益。所以，在強調「讀書的重要」上，兩者的題義則一。

很久以前，在某報看到：一位國中國文老師，對一班二年級好班的學生命題作文，題目只是一個「山」字，大多數學生，看到這個題目，都瞪視黑板，搔耳撓腮，久久無從下筆，紛紛要求老師更換題目。

「你們連『山』也不會做，要做甚麼題目？」老師頗爲生氣。

「老師，我們沒有見過山，教我們怎麼做？」學生們都舉起手來。

「那個地方沒有山？你們也太不留意了。」老師說完這話，馬上推開窗子，想指給學生們看看；但他極目四望，只見西邊是一片汪洋的大海，東邊則是廣大的平原，四周浩浩無垠，連山的影子也望不到。

這時候，他才豁然醒悟，這裏是濱海地區。因爲他家住山區，看山看慣了，最近才來到這所學校的。

後來經過他的調查，在全班五十五位學生當中，竟有四十位學生沒有見過山。因爲他們家住海濱，離山較遠，又沒有出外旅行，所以便不足爲怪了。

「這樣好了，你們沒有見過眞山，在電視畫面上，在一般畫頁上，總看過山吧！」老師想出一個辦法：「你們可以去閱讀有關山水的文章，多看看畫片，或去訪問去過山的人；憑你們的想像，去做一篇「山」的文章，題目換在下次作文做，這樣總可以了吧！」他隨卽補充兩句：「但是不可抄襲，必須融會貫通，自己創作才行！」

果然，經過兩星期的蒐集以後，下次做這個題目時，學生們都能振筆疾書，把山寫得有聲有色。什麼「青山綠水、鳥語花香、崇山峻嶺、茂林修竹」都用上了。有人寫着登山望遠，視野開闊，眞是舒暢極了。甚至有人把翻山越嶺的困難，和山居生活的情趣，也描寫得非常生動，儼然是個山居的孩子了。

他們這次作文，雖然有點像瞎子摸象，看不到實景；但憑他們細心地閱讀、蒐集，和運用他們靈活的想像能力，也能做得出優美的文章來。

晉代有位孫綽，寫了一篇「遊天臺山賦」，內容非常精彩。其中有兩句「赤城霞起而建標，瀑布飛泉以界道。」成爲該文的名句。赤城是天臺山的高峯，巖壁如城，在霞光映照下全是紅色，就好像替赤城建立了標幟，山峯因此而得名。而瀑布像飛泉似的，從高處陡直下瀉，一條條的白鍊，遠望就像一行行的道路，給山區劃分了界限。因爲這篇文章寫得生動逼眞，歷歷如繪；不但贏得人們的讚賞，連他本人也自誇「擲地有聲」，可見其內容的精彩。

原來，孫綽喜歡遊山玩水，擅寫山水文章，每逢無法遊到的地方，往往涉覽圖書，自憑想像遊歷。其實，他根本沒有到過天臺山，完全憑想像臥遊，是一篇杜撰出來的文章。因爲他學問淵博，想像力豐富，文字技巧又熟鍊；雖然他沒有去過天臺，也寫得優美動人。這篇文章，被收在昭明文選裏，成爲後人寫遊記的範本。

西方哲學家康德，一生很少出遠門，他閉戶研究了六十年，才完成他的重要作品，——「純粹理性批判」，建立起他權威哲學家的聲望。他不但專精哲學，並且對人文科學、自然科學，也有不少著作。他簡直是一位天文地理、醫卜星象，無所不通的學者。

但他最著名的，却是對地理學的講演，每次開講時，不但座無虛席，鴉雀無聲，連講堂外也擠滿了人。使人難以置信的是：這位活了八十歲的老人，一生沒有見過海，也沒有見過山，比上述那些濱海的學生還要糟。他出生在格尼斯堡，距離波羅的海只有十多哩，距離塔萊山也只有二十哩，他就是沒有時間出遊過，他是唯一的一位，一生未出過遠門的哲學家。

他雖然沒有離開過故鄉一步，但講起各地區的地理常識、山脈河流、風俗人情、物資出產，無不頭頭是道，使聽衆誤以爲他在該地區曾經長期居住過。事實上，他只不過詳細研究過各地區的地圖，讀過許多地理書籍和遊記，根本沒有去過那些地方。他從書本中蒐集到豐富的資料，所以講起來才生動活現，贏得聽衆的喝采。所謂「秀才不出門，能知天下事。」因爲秀才懂得讀書實用的緣故。

所以一位作家或作者，在閉戶讀書之餘，能多作旅行，以增廣見聞，當然更好。如果因環境或條件所限制，或因缺少金錢，或因時間不許可，或因身體有障礙，但只要多多讀書，吸收別人的經驗智慧，予以融會貫通，仍然可以像水到渠成，寫得出擲地有聲的優良作品來。

（七十二年三月一日中國語文）

布置讀書環境

有人說，科學愈進步，社會愈文明，人類的心靈愈爲空虛；更由於社會經濟繁榮，人民生活水準提高，各種娛樂活動，使得人目迷五色，生活奢靡。一般人雖然物質生活提高了，而精神生活反而覺得貧乏。要想調劑這種生活上的不平衡，彌補心靈的空虛，唯一的方法，只有多多讀書。

讀書不但可以增加知識，經世致用；而且可以改變氣質，陶鑄高尙的人格；更可以充實精神生活，解除寂寞空虛，達到人生完美的境界。

有人說，我整天都在工作，本身事情忙不完，那有閒工夫來讀書。還有人爲着生意應酬，經常都在煙酒交際上相徵逐，更沒有時間來看書。尤其是在校學生，每天課業一大堆，看電視的時間都沒有，哪能再摸其他的書籍。

這些人沒有時間讀書，表面上雖然理由充足；但實際上，只是找藉口而已，不是眞正沒有時間。

要讀書，首先該懂得讀書的樂趣。撇開爲求功名利祿不談，讀書至少可以調劑緊張忙碌的生活，塡補心靈的空虛，增進精神修養。

要想讀書，就得要有讀書的環境。這裏所謂讀書的環境，不是說每個人都要有一間書房，各種書籍應有盡有，像個圖書館一樣；而是說隨時都有讀書的機會罷了。

現在有人提倡以書櫃代替酒櫥，讀書的風氣，已漸漸提高。有的人，家裏雖然有很多書，可是把書看得太珍貴，不是束之高閣，便是鎖在書櫃裏；要用時取閱不便，以致把可以利用的時間讓它溜走了，殊爲可惜。

買書，要隨各人之所好，而讀書尤其要講求方法。光只喜歡書本，而不着手去讀，還是流爲空談。一個家庭要經常列有購買新書的預算，而買回來的書，要分置適當處所，布置讀書的環境，以便隨時取閱。看過的書，固然可以珍藏；新買回的書，尤宜善加利用。

哪些書要精讀，哪些書只略讀；哪些書適合大家看，哪些書適合青少年閱讀，都要有所分類。還有哪些書隨時隨地都可以看，哪些書却要靜坐精研，哪些書需要重加溫習，哪些書隨時可供參考，也要有所分配。

例如字詞典等工具書，要放在案頭上，隨時可供查用。書房的書，要整理得有條有理，不可凌亂。客廳裏要有文藝書籍和報刊，以及家庭用書，以便隨時取閱。因爲現代人工作忙碌，沒有固定的時間讀書，只好善用零碎時間，來抽空讀書。因此，手頭上總要有本袖珍本，或報刊剪稿之類，以便把握時間。據說，日本人的讀書風氣很濃厚，候車室、火車上、電梯間，每個人都手不釋卷，這種讀書的精神，值得我們效法。那麼，我們出門前爲什麼不隨身帶本書呢？

古人曾利用「三餘」時間來讀書，但以今人看來，「三餘」時間，我們仍然有事要辦。至於利用「馬上、枕上、廁上」來讀書，我們倒仍然可以學習。所以一個家庭中，要布置適當的讀書環境，除書房或客廳有書櫃藏書外，其他房間，也要有規則地散置各種書籍，以便利用零碎時間，隨手取閱。如枕頭邊有輕鬆文藝作品，睡覺前可看一二十分鐘。馬上代爲車上，出門時，旅行袋內也不忘記帶本書去，以便打發無聊的時間。而洗手間，也不妨放些書刊之類的輕鬆讀物，只要利用幾分鐘的時間，卽可閱讀一段有趣的文字，使你妙趣横生。

只要你願意讀書，早上上班前，夜間晚餐後，不也是可以定時有計畫地看些書嗎？只要你有恆心，養成習慣，經年累月，讀書的收穫，仍是可觀的了。

當然，一個人除了工作以外，還要有娛樂，讀書只是生活中一部分。我們如果眞正領略到讀書的樂趣，甚至把讀書也可以當作一種消遣娛樂了；只是不要做個書呆子才好。

（七十年八月十四日青年戰士報）

書到用時方恨少

俗話說：「書到用時方恨少，事非經過不知難。」這是兩句大家耳熟能詳的話。前者在說明平時讀書不多，到應用時，才感腹笥不足，頗有悔不當初之感；後者在說明人生辦事能力，隨歷鍊而增加，平時批評人家，做事不盡理想，馬後砲放得非常響，可是輪到自己來做，才知道一切事情辦起來，並不那麼簡單。所謂「不經一事，不長一智。」讀書和做事有着密切關係。所謂經驗，乃是前人智慧的累積。這些經驗智慧，都可由書本的記載而流傳下來。如果說做事不能得心應手，問題的癥結，還在於自己學識不足，平時缺少讀書的緣故。要使大家多讀書，還得提倡讀書風氣，而讀書風氣的養成，更須大家肯花錢買書，多讀書，多閱歷，才能增長知識。

由於近年來社會經濟繁榮，一般人都貪圖物質生活的享受，而忽視精神內涵的充實；更由於社會型態的變遷，國人的價值觀念亦隨之改變。社會上以個人收入多寡，來衡量其職業地位。很多人出了校門，爲了工作和賺錢，卽不再接觸書本，以爲有能力賺錢就行。形成一般人物質生活的富裕，而每感心靈生活的空虛。一般家庭儘可有酒櫥而缺少書櫃。根據一次統計國人每年花在吃喝上的錢，足可與建一條高速公路，而平均每一國民一年買書的錢，只有新臺幣四十元九角而已，顯示出物質生活和文化生活成反比的畸形現象。

一國的文化，關係其國家民族強弱盛衰至深且鉅。共匪自竊據大陸以來，毀滅中華文化，破壞倫理道德，已引起天怒人怨。大陸同胞人心思漢，渴望國軍反攻。我們在此時此地，唯有復興中華文化，重振民族精神，成爲世界上之文化大國，以三民主義之光芒，作爲反共復國之利器；但是，沒有書香，何來文化？所以提倡讀書風氣，爲國人當前建設國家、改造社會的首要之途。

如果大家都貪圖眼前的物質享受，對讀書缺少興趣；不但數千年文化不能繼承發揚，而科學技術更無由引進。如果公務員不讀書，何能提高辦事效率，適應時代需要；經理人員不讀書，只靠工人動手，何能提高生產能力；一般國民不讀書，更無法隨時代進步，迎接資訊時代的來臨；而近年來的經濟繁榮，勢將無法長此發展。所以多讀書，增長知識，對個人、對國家、對文化發揚、和科技發展，都有密切關係。

也許有人說：吾生也有涯，而學也無涯，處此汗牛充棟的書籍充斥時代，這麼多的書，眞是無從讀起，只好能知道多少，便算多少。表面說來，此話似覺有理；不過，這只是一般不想讀書的人的藉口罷了。要知道，現代人的工作，講究科學分工，撇開爲求學進修不談；至少要就本身工作，能隨時代進步，而創新發展；可是，不讀書，何來學識？

教書已二十多年，深悟「學然後知不足，教然後知困」的涵義，所以我都在買書、讀書。由於個人的精神、體力和領悟能力有限，有的書只是備而未讀，臨到應用起來，搜索枯腸，難以得心應手。說句好聽的話，當教師是以「傳道、授業、解惑」爲職志；可是，要想當個稱職的好老師，就有待於平時多加充實了。

因爲學海無涯，我常在課堂上被學生的疑難問題而問倒，只好延後答覆，總要給他們有個明確的交代。有些教過的學生，畢業多年，仍來信向我質疑問難，使我翻箱倒篋，遍求答案，收到一些教學相長的效果。

有些年輕的同事，以爲我比他虛長幾歲，遇有疑難問題，常喜和我切磋；誰知我一樣腹笥不多，只好遍找參考書籍以尋求答案，却收到許多切磋琢磨之效。

但是，有許多問題，一時找不到，不是書籍上沒有，只是有的讀過早已忘記，有的購書未讀，有的根本就不知道，只有興「書到用時方恨少」的感歎。

有些從報章、雜誌上讀到的資料，大家輾轉引用，言人人殊，究不知何者正確，仍須多方查證，才敢放心引爲己用；可是，有些要找的第一手資料，根本無從找起，只感歎自己讀書太少了。

此地有位單位主管，勤學好問，看到我常去領稿費，以爲我肚子裏大概有些墨水，所以常準備一些問題，到時向我發問。有些普通文學知識，可以隨時應付過去；而有些成語典故，只能一知半解，人家虛心向你「討教」，當然不能給人打「馬虎眼兒」，一時頗爲尷尬。於是我本「知之爲知之，不知爲不知」的古訓，也只好暫時存疑，再求考證答覆。所以以後前往，難免心存戒懼，也使得我多讀一些書。如果我平時能多蓄積一點，就不會臨時感到困窘了。

胡適博士說：「爲學當如金字塔，要能博大要能高。」既要廣而又要博，這就要平時勤學用功，學問才能博而且廣。古人說，活到老，學到老，唯寸陰之是惜；尤以今日學海之無窮，更須刻苦求學，才能收到致用的效果。

不過，我們讀書要知道有所選擇，以前人講究開卷有益，現在人只好有益才開卷；而讀書更須講求方法，當以各人學以致用爲前提；如果精力旺盛，雖能博而且精，也必須靈活運用。正如國父所說：「能用古人，而不爲古人所惑；能役古人，而不爲古人所奴；則載籍皆似爲我調查，而古人爲我書記也。」這就是我們所應遵守的讀書態度。平時多讀書、多筆記，才不致興「書到用時方恨少」的感歎。

（七十三年八月三十一日成功時報）

溫故而知新

小時候讀過的書，由於當時悟性較差，一知半解，甚至像小和尙念經，有口無心，缺乏眞實的心得。稍大後，即或經過老師詳細講解，而且背誦過的書，也由於時間太久，現在需要查考時，也難免印象模糊，記憶不淸，用起來更難免訛誤。

長大後，在自修時期，爲求知而讀書，做學問的興趣增高了；且年齡愈長，思想漸趨成熟，往往領略到讀書的情趣，提高了個人的生活境界。

可是，多年來讀過的書太多，舉凡古籍、詩詞、中外名著、古典文學和新文藝等，大都涉獵一部分；而報章、雜誌上的好文章和參考資料，積存得更多。一間小房子，旣是孩子的臥室，又是父子三人的書房，除了寢具被褥以外，房子裏都堆滿了書籍；雖然自詡爲書香四溢，但看起來雜亂不堪。

我讀書有個習慣，遇到重要的地方，如可圈可點的文字，或可供參考的資料，我都用紅筆圈圈點點，特別在書眉上摘錄要點，記上典故出處，或寫出名詞名句；並且視其價值之輕重，用紅筆打上單鈎或雙鈎，以作標記，再重要的資料，便以劄記的方式，另外摘錄下來，以作教學或寫作的參考。

因此，有些讀完的書，大都被批註得密密麻麻，難見空白；而且讀完一本書，在書末還要註明閱讀的起迄時間；而剪存的報章、雜誌，也必須註明出刊的年月日或期數，分門別類地用卷宗留存起來，作爲日後複習或查考的依據。

可是時間久了，積存得太多，收存的剪報，都是成綑成堆，弄得滿房子都是書籍和文卷。平時因爲工作太忙，除了看書以外，還要抽出部分時間寫作，對於過去讀過的書籍和詩詞，很少有複習的機會；往往在寫作上需要參考時，總難記起該資料的出處。卽或以前打上紅鈎，做好記號，現在再找起來，仍然費時費力；而我在寫作上向來態度嚴謹，引用古籍或成語，必須對照原文抄寫，引證確鑿以後，這才放心取用。往往在尋找某段文字或資料時，東翻西找，煞費苦心，甚至遍尋不着，難免阻塞寫作的靈感，殊爲懊惱。

近來由於靈感不啓，很想寫作而無題材可寫。有人說，多讀、多想、多看，是尋找靈感的泉源；現在旣是靈感枯竭，不妨再閉戶讀書，以求精進。

孔子說：「溫故而知新，可以爲師矣。」教了這多年的書，不知有否誤人子弟？可是，學然後知不足，敎然後知困，的確深深體會到了。有時候，在講授正課以外，總想給學生增加一些補充教材，每在臨時抄寫時，往往無法寫出一首完整的詩詞。至於一句成語典故，或一句格言諺語，也往往交代不清，甚至不知其出處。寫出來有欠完整，憑記憶更難免訛誤。回家後，想再查考，又費時費事，能拖就拖，常常疏忽下來，清夜捫心，頗覺愧疚。

近來，趁着靈感枯竭時，不寫不作，可以利用時間，好好看看書。將以前讀過的書籍，重讀一遍；把以前記載的要點，重新複習；而積存的重要剪報，也再來整理一番。暇時一面翻閱清理，一面複習研讀，不覺得到許多「新的」發現。以前在衆書裏尋它千百次的成語典故，現在竟然唾手可得。有些不能解決的疑難問題，現在對照原書原文之後，也豁然冰釋。更難能可貴的，就是在「博覽羣書」時，隨時蓄積許多可供寫作的題材，引起我再執筆寫作的衝動。

古人說：「好書不厭百回讀，舊書重溫出新意。」讀過的書，必須常加複習，不但可增加更深的了解，而且可得到許多實用的好處。「溫故而知新」，必須親身體驗，才能體會出這句話的眞實意義，甚至妙用無窮。

（七十一年四月六日中華日報）

無稿的日子

一般初習寫作的朋友，很羡慕成名的作家，常見他們的文章在報刊發表，看來眞是名利雙收；而自已辛苦寫出來的作品，却屢遭退稿，找不到發表的園地，難免憤憤不平。也常見一些成名的作家，往往寫出他們創作的心路歷程，回憶他們在習作之初，也是歷盡艱辛，稿件到處碰壁，幾乎寫不下去；憑着他們對寫作的狂熱，再接再厲，好不容易才熬得出頭來。所謂「不是一番寒徹骨，怎得梅花撲鼻香。」沒有一位名家，沒有遭受到退稿的痛苦。

名家在未成名以前，只是一位普通的作者，當時寄出去的稿件，固屢遭完璧歸趙；可是等到成名以後，爲盛名所累，却有人常歎被約稿、邀稿，甚至被催稿、逼稿之苦。因爲名家在大量創作之後，也有江郎才盡的時候；何況他們往往是奉命爲文，限時交稿，連字數、題目都已限定了，如果到時候交不出貨色來，不但自砸招牌，甚至得罪了朋友；所以有人因爲一時文章寫不出來，會急得團團轉，坐立不安，甚至有人誇大形容到走投無路的地步。

筆者寫作這麼多年，雖然也有被約稿、邀稿的情形，到底成份不多，更沒有遭受被催稿、逼稿的痛苦。因爲我在文壇上夠不上一名小卒，有否我的作品，對他們無足輕重；所以有些報刊寄來的刊物，或稱先生，或稱小姐，往往男女不分，動輒將我變「性」，也有誤「柴」爲「紫」，眞正將我改「姓」的。或雙名單用，又將我改「名」的；至於狂草錯寫，猶爲餘事。

而我對寫作係業餘性質，大都直抒心臆，寫我所要寫的；但時間久了，難免養成習慣，逐漸變成一種嗜好，對於日常所見所聞，所悟所感，如骨鯁在喉，不吐不快；雖說中間數度陷入低潮，又常遭退稿之苦，本想放下筆來，洗手不幹；但不寫又手癢，工作之餘，好像六神無主，使得日常生活失去了重心；於是鍥而不舍，又一直寫了下來，總算稍有收穫。

有人說，腦筋愈用愈靈敏，題材越寫越多，往往互爲因果。的確，每當寫作旺季，靈感有如剛開啓的水閘，源泉滾滾，有趕不完的文稿；偏偏在這時候，公私事務繁忙，難得抽暇執筆，總感覺時間不夠用。自己買的書，積放案頭成堆，難得抽暇閱讀。自訂和贈送的雜誌，只好大概翻翻。不知道又那來的那麼多「印刷品」，也隨信寄來，總得拆開看看。每天的報紙，又不得不讀，遇到好的文章和珍貴資料，只好剪存一旁。而文友贈送的新書，不得不及時拜讀，否則辜負朋友的好意；遇有要求寫「讀後感言」時，更是不好交差。偏偏這時候，還有報刊邀稿。許多要做和需趕辦的事，都擠在這節骨眼兒上。於是做這不是，忙那也不是，一天當中，匆忙急遽，人就像電視中特寫的快動作，眞是忙得不亦樂乎！

又有人說，忙中就是福。因爲忙中生活內容充實，而豐富的生活，乃是寫作的泉源。可是，事情總有忙完的時候，題材也有一時寫盡的時候。無事可忙，則生活內容空虛；久停筆不寫，則靈感愈是枯竭。一個習慣寫作的人，一時閒下來，便成無稿的日子。要寫的題材，都已寫完，寫來寫去，有些內容平淡，有些又似曾相識；如果胡亂寫下去，就變成炒冷飯了。

一般名作家有時受催稿、逼稿的壓力，不得不寫而苦惱；我無外在壓力，乃爲自己給自己繳白卷而煩心。因爲我寫作向來無人督促，只是自我鞭策，養成一種習慣，不寫不快。眼見文友們的文章，一篇篇上報，旣羨慕而又嫉妒；而自己腦筋裏，却一片空白，攤開稿紙，連一個字也寫不出來；於是塗塗抹抹，寫寫撕撕，而面前的稿紙，依然是格格張張白白。有人見一片落葉，聞一聲鳥鳴，都能觸動文思，提筆寫作；我則靈感不啓，一「文」不名，這無稿的日子，較之忙稿的日子，乃同樣難受。

不過趁此寫作低潮之際，正好塡補忙時的空檔；於是處理私人積留雜務，趕覆朋友的信件，清理剪存資料，或詳讀、或粘貼、或收存，以便各得其所。這些事情辦完以後，正好靜下心來，讀書進修。或古籍詩詞、或古典文學、或中外新文藝名著、或新購散文小說，無不是平時想讀而無時間閱讀，只是翻翻摸摸，看看序文和目錄，或挑看一兩篇，或做上重點記號，堆放案頭或收存書櫃，成爲欣賞和嚮往的書籍。面對着這些好書，平時未能細讀，心中總有一種壓迫和愧對之感。尤其一些重要參考資料，平時雖做上大字記號，或寫好筆記存查；但書買多了，時間久了，存放缺乏頭緒，一時要取出參考，翻箱倒篋，遍尋不着，旣誤時而又煩心；趁此稍嫌時間，作有計畫地重點閱讀，心中一片坦然。

古人說，書中自有黃金屋，我不想爲讀書而追求利祿；但多讀書可以充實學識，涵養性靈，尤其可以蓄積寫作的素材，觸發寫作的靈感，確實非常靈驗。因爲書是前人經驗智慧的累積，許多學者名家，窮畢生之精力，也只能寫出一兩本名著，傳諸後人；況且古籍經書爲中華文化的遺產，古詩古詞乃中國文學的特色，而一些格言諺語更是做人處世的方針。現代由於印刷業發達，許多古籍詩詞、古典文學、和名文名著，大都已重排精印，注解語譯；並有人將一些文學掌故、名人軼事、和名詩名句等，作有系統地整理；工具書更是蒐羅豐富，使古人、今人皆爲讀者的書記。現在古書今著，皆大量出籠，眞如汗牛充棟；而且價廉書美，閱讀便利，此爲現代讀書人之福，處此知識爆炸的時代，我們沒有理由不好好讀書的。

古人有臥遊寫作的佳話，未去的地方，照樣可以寫出精彩的遊記，其功力取材，完全得自書本。現在交通事業發達，想遊歷的地方，可以朝發夕至，環遊世界，亦非難事。如能配合讀書所得，將日常見聞與書本互相印證，相信今人的作品，更能勝過古人。所以書讀得多的人，往往由書中一章一句的啓發，即能寫得出美妙的文章；而書中的智慧資源，眞是取之不盡，用之不竭。書讀多了，往往觸動靈感，文思有如泉湧，提筆一揮而就，正所謂「得句錦囊藏不住，四山風雨送人看。」所以讀書除活用知識、修心養性以外，與寫作更是相輔相成。尤其是曾經看過而一時找不着的參考資料，到時一出現，如遇故人，溫故而知新，其喜悅的情形更不在話下。像這篇作品，便是在無稿的日子後完成的。

（七十四年二月四日成功時報）

我的第一篇作品

——人面桃花

朋友看到我經常寫作，想問問我的心路歷程，尤其是第一篇作品，是在什麼情形下產生的？發表在什麼報刊？可否告訴他一些寫作經驗！

說來頗不好意思，在二十年前，當我還是三十出頭，打着一條光棍；那時候，沒有像現在這樣的老態龍鍾，看到一般小姐們，總愛閒聊幾句，而我的第一篇作品，便是在這樣的情形下產生的，說來也頗話長。

在寫作的旅途上，摸索了二十多年，由於個人的嗜好，起先總是喜歡閱讀報紙副刊，進而引起自己寫作的衝動；可是投出去的文稿，總是又回到自己的手中。然而，無論如何，我還是再接再厲，總希望有一天自己的鋼筆字，也能鉛印出來。

民國五十年的秋天，我正在東部花蓮受訓，每逢星期假日，常和幾位朋友去市區逛書店。因此，和幾家書局的店員小姐，都混得很熟。閑來時，大家無話找話說，和小姐們說幾句俏皮話，返校後，要高興好一陣子。

有一次，我們又走進一家書局，這位店員小姐是新來的，雖然是第一次見面，大家還談得來。因此，我便成爲這家書局的經常顧客，以前是大家一起去，後來變成一個人跑單幫，並和她有了進一步的認識。

那是當地一家較具規模的書局，生意本來不壞；可是自從這位小姐來了以後，生意更加熱鬧起來。她那甜蜜的笑容，清秀的面孔，和那雙會說話的眼睛，溫柔美麗，體態大方，不知使多少人爲她神魂顚倒。因此，拜倒在她的石榴裙下者，不知凡幾？一些「醉翁之意不在酒」的顧客，雖然不想常買書，也要買幾本簿本回去，只要能一親芳澤，也引以爲榮。而她在表面上對任何人都是一視同仁，從不厚此薄彼；就好像那天邊的星星，使人有可望而不可卽的感覺。

也許是我自作多情吧，我認爲她對我的印象好像不壞，於是就乘買文具之便，偷偷地遞給她一個粉紅色的信封，表示愛慕之意。她先是一怔，接着報以嫣然一笑，也就暗自收下了。這一笑，雖不是什麼傾國傾城、回眸百媚，可眞能攝住人的魂魄。回家後，幾個夜晚，我却想入非非，一直默念着詩經裏「窈窕淑女，君子好逑」的詩句，弄得「悠哉悠哉，輾轉反側」，遭受失眠的痛苦。

說也奇怪，要盼望的日子，偏偏來得很慢，「一日不見，如三秋兮」，好不容易捱到下個星期日外出，我先將自己修飾一番，然後滿懷高興地去做護花使者。一進店門，雖然她點頭示意，笑臉相迎；可是和她談話以後，好像沒有多大的反應。於是我又遞去一封，她仍然照收不誤。直到第三封後，才接到她一封回信，一時如獲至寶，喜不自勝；可是細讀內文，亦不過普通應酬文字而已，心裏不免涼了半截，然而還是樂在心頭。俗話說，最難消受美人恩，畢竟她總有回音了。

由於這位小姐的名氣頗大，時間久了，追求她的男士愈來愈多，一些藉機會買書的男士，拿着書本一直不想離開。因此，櫃臺前常排成一列橫隊，就像衆星拱月一樣地死纏不走。有兩位仁兄，頗有耐力，堅守崗位，硬是不到打烊不回家；甚至明爭暗奪，各耍花招，大有橫刀奪愛的趨勢。俗話說，情場如戰場，這處奪美之地，一時頗有火藥的氣味。

我總以爲自己比他們幸運，不必去「狗望骨頭」，彼此却有感情上的默契。我不知道這樣算不算是談戀愛？就算是談戀愛吧，也不必操之過急，總有一天，會把那顆閃亮的星星，摘到自己的手掌上。因此，每次去她那裏，買買東西，看看書，談談話，大家說說笑笑，放根長線去，也就離開了。

後來，到她那裏去的人，漸漸增多。我無耐心去排隊，每次去她那裏，連多說幾句話的機會都沒有，靠那封信的默契有什麼用？自己知道情況對我不利，且自慚形穢；只好鳴金收兵，從情場上敗下陣來。以後，去她那裏，就變成點頭之交了。

此後，我們還是到各處逛書店。有一次，經過那家門前，我情不自禁地又跨了進去；誰知櫃臺裏，換來了一位新的面孔。我假裝看書、選書，久等不見，經探詢之下，始知伊人已去。據說，她早已名花有主，回家後，將是待嫁女兒心了。

——「知君用心如明月，事夫誓擬同生死。」她沒有「還君明珠雙淚垂」；可是大家都能體諒出她當時的心情，只好望名花而興歎了。

我再望望她從前的位置，已是「門前冷落車馬稀」，再不像從前的車水馬龍了。一時感慨環生，想起唐人崔護的抒情詩句：「去年今日此門中，人面桃花相映紅；人面不知何處去，桃花依舊笑春風。」不覺黯然神傷起來。

返校後，我馬上將經過情形和自己的感想，秀才人情紙半張，寫了一篇「人面桃花」的散文，在晚自習前，親自送到離學校不遠的東臺日報門前的信箱去；不料第三天早晨升旗後，輔導組廣播，說是有報社着人送報紙給我。原來我那篇拙稿，很快地已被發表，因爲報社沒有稿費，特別着人送來兩份報紙，作爲稿酬。

我拿著報紙副刊，定睛細看，果然是我的處女作，已經被排成鉛字，一時高興萬分。另一份被同學搶去傳閱，大家看到我就大喊「人面桃花」，或朗誦那首原詩原句。有人問我煮得半熟的鴨子給飛了，心裏有什麼感想？我心裏非常矛盾，一時答不上話來。本來有一股惆悵懷念之情，突然間被文章刊出的喜樂給沖淡了，這正是所謂「失之東隅，收之桑榆」吧。

由於這篇處女作未經退稿而順利發表，使我增加寫作的信心。此後雖時投時退，漸漸退少刊多，二十多年來在各報章、雜誌所發表的作品，已經有六十多萬字，而且還出了兩本集子，未嘗不是這篇處女作的鼓勵。

（七十一年三月二十九日南投青年第一四七期）

我讀「抗戰日記」書感

以寫「女兵自傳」而享譽文壇的謝冰瑩教授，生平著作等身，她的「從軍日記」，已被拍成電影；但她在抗戰時期的重要著作，尤其是珍貴的日記，均已絕版。最近謝先生應讀者的要求，將抗戰時期所撰寫的日記和報導作品，出版「抗戰日記」由臺北三民書局印行，正是讀者們急切盼望的佳音。

凡是讀過「女兵自傳」的人，都能了解作者的家庭身世。她爲了擺脫舊式家庭的束縛，和爭取婚姻的自由，忍受一切痛苦，幾經奮鬥掙扎，終於獲得所願。爲了要實現她從軍報國的壯志，曾經三上火線，參加北伐和抗戰諸戰役，擔任宣傳救護工作。她的文章和日記，大都是在炮火中用血汗換來的眞實資料，更是第一手的歷史文獻。

謝先生從年輕時起，就有寫日記的好習慣，自稱六十年來從未間斷。一般人的日記，難免是身邊瑣事，日常見聞，和個人的私生活等，令人讀來頗覺乏味，甚至不願公開示人的。而謝先生這本日記，所寫的都是抗戰時的血淚史實；雖然描寫的都是戰地生活，由於她的文字優美，表達技巧熟鍊，篇篇引人入勝，讀來不致枯燥乏味。

她的日記，每天都有一個主題，分看獨立成篇，可作優美散文欣賞；連起來讀，看來有系統、有順序，就是一部全國軍民同胞浴血抗戰的血淚史。當然，戰地生活是緊張嚴肅的；但緊張中也有輕鬆的一面，卽或在戰地夜行或戰況緊急時，仍然描述得如詩如畫，富於文藝氣氛。

這本書出版得很夠氣魄，大字排版，二十五開，厚達四百五十餘頁，閱讀非常方便。中老年人可藉此回憶抗戰期間，國人同仇敵愾和焦土抗戰的史實；而青少年人看來，更可認識過去日本軍閥的殘酷侵略行爲，知道八年抗戰的勝利，是犧牲無數軍民同胞的血肉與性命換取得來的。而且這本書校對確實，錯字非常的少；不但文藝氣氛濃厚，尤其標點正確。青年學生可當做範文閱讀，從作者的生花妙筆中，學習新文藝和打好作文的基礎。

不是在抗戰時期長大的人，不知道日本軍閥的殘暴；沒有在戰場上打過滾的人，更不知道炮火的慘烈。當時日本軍閥挾其軍火之優勢，每攻佔一個地區，大都先用飛機轟炸，砲彈轟擊，而步兵槍彈只是用來清掃戰場，和殘殺國人的利器。所以，在戰場上只聽見飛機投彈和炮火轟擊的聲音。他們妄想以三個月滅亡中國，那種瘋狂轟炸的慘景，如向稱天堂的蘇州，軍事重鎭的嘉定，剛繁盛的六安，都被轟炸成爲破瓦殘垣，慘不忍睹的焦土。而戰場上的將士，更是血肉橫飛，血流成河；但是，他們仍然前仆後繼，視死如歸，令人感動涕零。

當時國族興亡，危如纍卵，全國軍民同胞，都抱着抗戰到底的決心，誓死抵抗；然而，令人痛心的是，前線的漢奸特別多。每次軍事新部署，和高級司令部駐地，均不時有敵機輪番轟炸。他們消息靈通，目標準確，使國軍疲於奔命，損失慘重。而這些消息，都是萬惡的漢奸隨時供給的。每一次飛機臨空，下面卽有小漢奸作暗號引導轟炸。這種爲虎作倀的民族敗類，實在使人痛心髮指。但是，從捕獲的漢奸口供中，他們也均坦承不諱，爲生活所迫，不得不爲一天五元的代價來賣命。他們缺乏國家民族的意識，甚至有些老百姓不知駐軍是何國人，爲什麼要打仗？無知同胞之被敵人利用，臨死不知，使人慨歎國家教育的落後。

日本軍閥的瘋狂轟炸，固然使人切齒痛恨；但最令人痛心的，乃爲強姦我女同胞，和隨意殺人的慘事。他們看到年輕的婦女就想強暴，甚至老太婆也被他們作爲洩慾的對象。他們每抓到一名婦女，例必每晚輪流強暴，弄得女人飯不能吃，話不能說，活活被他們輪姦致死。

他們只要看到中國人，不論男女老少，就用刺刀瞄準刺殺，弄得鮮血噴流，於是拍掌大笑，視爲樂事；有時人並未死，只是在血泊裏打滾，別人痛得求死不能，他們却是愈覺高興。簡直不是人類，而是一羣殘忍兇暴的禽獸。

由於日人的殘暴兇狠，必欲亡我國家滅我種族而後止。全國軍民同胞在英明領袖蔣委員長領導之下，敵愾同仇，犧牲奮鬥，三軍將士的浴血抗戰，誓死不屈，昭蘇了將死的國魂，給予敵人迎頭痛擊。作者本其在戰場上目覩的事實，在午夜工作疲勞之餘，或在敵人瘋狂轟炸之際，仍然不忘按天撰寫日記，寄往報社發表。描寫戰時士氣之高，死事之慘；不但鼓舞民心士氣，更使陣亡的將士，死亦瞑目。如第二六四頁血戰三日記，死事慘烈；第一七四頁東戰場撤退時，血流成河，將士們沒有水喝，只好來喝同志們的血水。

而日本軍閥竟在河裏撒毒，使得許多饑渴的將士，因之中毒而死。

以上這些血淋淋的慘事，全都血跡斑斑地記載在作者的日記之中，令人不忍卒讀。

當時，雖然砲火猛烈；但我英勇將士，就是不怕死，臨危不亂，處事鎮定。那怕是砲彈震動司令部的桌椅，破片穿窗而入，仍然坐鎮指揮。一位軍長在一夜之間，先後接聽幾十通作戰電話；但放下聽筒，仍然打起鼾來。臨危時各自撰寫遺書，以示犧牲的決心。士兵們忍饑挨餓，甚至整營在陣地被炮火活埋，仍然前仆後繼，與陣地共存亡。伙伕們冒死送飯，女兵們奮勇裹傷，肚子打穿了的傷兵，自己却抱着流下來的腸子，塞進又流出來，流出再塞進，自己去醫院就醫，仍然出院上前線，眞是駭人聽聞。

謝先生當時以巾幗不讓鬚眉，率領女兵們出入前線，救亡宣傳。她雖身體羸弱，犧牲睡眠，仍然樂此不疲。在裹傷時，戰士們的血，染紅了她們的手。幾次重病，仍然不願休息。憑着她們堅強的意志，克服一切艱險，使人感佩萬分。

我一口氣把這本書讀完，有感於書中文字的優美，和資料的珍貴，覺得有向讀者介紹的必要。於是我重讀第二遍，將書中重要之處，批註圈點，並摘要作成綱要，以便撰寫讀後感想。但書中精彩生動之處甚多，如敵人的殘暴事實，將士們犧牲奮鬥的精神，和謝先生從軍報國的熱忱，無法一一敘述；只好讓各位讀者親自去領會吧。

（七十一年一月十一日中華日報）

作者寫作時之神情，民國七十五年二月九日（春節）於南投鹿谷。

六筆兼用話塗鴉

本來，這題目原定爲「我的寫作習慣」，開門見山，便於發揮；但深恐有看官指着我的筆名笑罵：「柴扉呀，你算那根葱？不但名不見經傳，連報章、雜誌上也很少見你露臉，你也談甚麼寫作習慣，也不去照照鏡子！」

基於上面的顧慮，只好把題目改爲「六筆兼用話塗鴉」，來談談個人寫作時的艱苦。或許又有人要問：「別人寫稿時，只要一枝原子筆就夠了；你爲甚麼要六筆兼用，豈不是聳人聽聞，自我誇大？」

不錯，人家寫作時，只用一枝原子筆，不必太費神修改；而我寫稿時，的確準備有六種不同質料的筆，交互使用，各有用途。

談到一般作家寫稿的習慣，各有不同：有人在寫作前，先蒙頭大睡打好腹稿；等到起床後，提起筆來，一氣呵成。有人攤開稿紙後，無題材可寫，只好靠抽香煙、喝咖啡來刺激靈感。有人早在腦中醞釀多時，等到情感必發時，提筆一揮而就，顯示出胸有成竹的功力。又有人在靈感不來時，擲筆出外散步，以親近大自然；返家後，靈感不招自至。還有人邊寫邊聽音樂，以提高寫作的情韻。甚至有人在寫作時，要手搔脚趾，不斷聞臭，才有文思湧現。這正應了清人張潮的一句話：「人不可以無癖。」何況是搖筆桿需要動腦筋的人？

我不是作家，連作者也談不上，只能算是一個勤於塗鴉的爬格者。爲了敍述方便起見，還是要來談談我的寫作習慣。

我從事業餘寫作，自民國五十一年起，迄今已屆滿二十年。此其間，塗塗抹抹的，先後發表過將近七十萬字的作品，也曾出過兩本書。我雖然性喜塗鴉，但缺少文藝細胞。人家二、三十歲，就已叱咤文壇，聲名大噪；而我年逾知命，仍然在投退的階段，稿件經常在外旅行，找不到欣賞的雇主。雖然有些作品，蒙老編的垂青，很快就已見報；但有些稿件，總要經過轉手，才能刊得出來。雖不能說是「滿紙荒唐言」，却是「一把辛酸淚」。寫作如我者，眞是傷心哉，艱苦也。

寫作多年以來，我素服膺老作家的話：「寫作的秘訣：便是多讀、多想與多寫。」除了多讀書、多思考以外，我本着海明威提醒的那句話：「作家的身上，離不開紙和筆。」因此，我看到好題材、好文句就記，揣摩憶誦，以作爲個人寫作的素材。

可是，由於自己缺少寫作才華，搜集材料甚多，却不善適當運用。寫出來的東西，總是那個老調兒，不為編者所喜愛。只見一般文友，刊出一篇作品，好像不費吹灰之力；不但才華洋溢，稿費也滾滾而來，使人旣羨慕而又嫉妒。經過觀察硏究，人家寫作技巧熟練，腹有經綸，筆觸細膩，對事態觀察角度不同，作品意境高超，題材適合需要；所以才筆隨心至，水到渠成。說穿了，也曾下過一番苦功呢。

我的寫作習慣，大抵先在前一天傍晚，躺在床上打腹稿；等到第二天淸晨起床後，才開始動筆。因為個人健康和工作環境關係，我只能在早晨上班前，撥出五十分鐘的時間寫作，其餘的時間，各有安排。所以一篇作品，那怕是一兩千字，也要兩三天才能完成；至於較長篇什，至少非一星期以上不為功。

但是，文思是連緜湧出的，如不及時抓住，稍縱卽逝。寫作時，必須一氣呵成，才夠氣勢和情韻。一篇數千字的文章，如果寫到中途，前不巴村，後不着店，前後不能銜接怎麼辦？

所以，我在打好腹稿綱要後，先用原子筆擬稿；等到時間已到，只好放下筆來，準備上班。下面要敍寫的材料，便用鉛筆做上記號，標明要銜接的段落，下次才不致空缺脫誤。這情形不是個人如此，在工商業時代，一般忙人，也都是利用零碎時間寫作。曾在一本書上看到：一位作家，在一篇三千字的文稿裏面，用紅藍筆零碎交互寫作，曾放下筆達三十七次之多。而老作家謝冰瑩教授曾說過，她的一篇兩千字的文稿，放下筆竟高達四十二次。我想他們為銜接文思，或許也要另做記號吧。

一般作家寫文章，提起筆來便直接寫在稿紙上，不必費時打稿；而我必須像學生作文一樣，不但要先打腹稿，更要打草稿，而且急就潦草，必須一改再改，細讀潤飾，才敢謄寫在稿紙上，這工作便落在一枝紅色簽字筆上。等到作品刊出後，再對照底稿校對，如有被編者更易或錯誤之處，更必須借重紅色簽字筆訂正，這才放下心來，剪貼在簿本上。

另外，那枝鉛筆除了做文思記號以外，還作爲稿件謄清後，校對原稿之用。每校讀一次，便在頁底打一單鈎做記號，至少要校讀兩次，才放心投出。等到退稿後再轉投時，仍須校讀一兩次，迨更易或校讀無誤後，始再行轉投。通常打了四個記號的原稿，大概都能刊出；要不然，便是題材不合罷了。

此外，我投稿無論寄往何處，有無刊出把握，除中副以外，照例另附退稿回郵信封；如果能被採用，當然更好；否則，還是歡迎它迅速歸來，以免天天癡癡地等。有了回郵信封，編者退稿容易，作者也免除懸望，這樣兩得其便。而原稿前端，註明「附寄退稿回郵信封；如不合用，請早日退稿。」的筆跡，也是用鉛筆記上的。

個人另有個習慣，來往信件，都記在私人通信錄上。除登記親友信件外，投寄報章、雜誌的文稿，都有詳細記錄。註明投往某處日期、文稿字數、所用筆名、退回或刊出日期、有否附寄回封、收到稿費數字及日期，以及原稿轉投記錄，都毫無缺漏，有案可查。這本通信錄及投出時之信封字跡，一定用鋼筆書寫，原子筆是不能代勞的。

有時候，稿件篇幅過多，小信封裝不下，便換用大型信封。爲了字體配合放大，便用黑色簽字筆書寫封面，以代替毛筆，而求省時便用。

十年前，我因奉派代表學校參加全省中小學教師國語文競賽作文組比賽，規定作文須用小楷毛筆書寫，不得使用原子筆。在縣內比賽固然得到第一名，但在全省比賽，除須加強準備作文題材以外，更須勤練毛筆字。所以投稿時，一律改用毛筆抄寫，藉以練習小楷。每天抽出時間，勤練四月，用功不爲不深。而投出的文稿，却引起編輯先生的驚異，認爲在這工商業社會人事紛繁的現代，竟有傻人仍用毛筆寫稿，而且字體工整，未免大惑不解。

說也奇怪，大概是這種寫稿功力，引起編輯先生的同情，或是留取毛筆原稿作樣品，投出去的稿件，大都被採用刊出。而省賽時，却得到中小學教師組作文第三名，這不得不拜勤練毛筆字之所賜。但這種用毛筆字投稿的傻事，事過之後，便沒有再做了。

從上面看來：我用原子筆擬稿抄稿，紅色簽字筆改稿，用鉛筆做記號，再用鋼筆或黑色簽字筆書寫封套，甚至更用毛筆字投稿；而寫出來的作品，仍在投退邊緣，您說，這題目不正是「六筆兼用話塗鴉」嗎？

我雖然用過這多種筆寫作，惟獨缺少一枝彩筆；所以寫出來的作品，仍然擲地無聲，甚至有些扔到字紙簍去了。我眞夢想眞有一位神人，在夢中送我一枝彩筆，就像古代的江淹一樣，夢筆生花，文思大進，使我的作品在意境上有所突破；投出去的文稿，有投必中，也能在文壇上風光一番。您說，那該有多麼愜意！

不過，夢想終歸夢想，江郎也有才盡之一日，還推說甚麼彩筆又給神人收走了，所以才寫不出好的作品來。說穿了，還是他晚年生活不夠積極罷了。所以，作為一個嗜好寫作者，只有一個老辦法——多讀、多想與多寫，充實生活經驗；到時候，說不定手上真握有一枝彩筆哩！

（七十二年二月一日中國語文）

滄海叢刊已刊行書目(八)

書名	作者	類別
文學欣賞的靈魂	劉述先	西洋文學
西洋兒童文學史	葉詠琍	西洋文學
現代藝術哲學	孫旗譯	藝術
音樂人生	黃友棣	音樂
音樂與我	趙琴	音樂
音樂伴我遊	趙琴	音樂
爐邊閒話	李抱忱	音樂
琴臺碎語	黃友棣	音樂
音樂隨筆	趙琴	音樂
樂林蓽露	黃友棣	音樂
樂谷鳴泉	黃友棣	音樂
樂韻飄香	黃友棣	音樂
樂圃長春	黃友棣	音樂
色彩基礎	何耀宗	美術
水彩技巧與創作	劉其偉	美術
繪畫隨筆	陳景容	美術
素描的技法	陳景容	美術
人體工學與安全	劉其偉	美術
立體造形基本設計	張長傑	美術
工藝材料	李鈞棫	美術
石膏工藝	李鈞棫	美術
裝飾工藝	張長傑	美術
都市計劃概論	王紀鯤	建築
建築設計方法	陳政雄	建築
建築基本畫	陳榮美 楊麗黛	建築
建築鋼屋架結構設計	王萬雄	建築
中國的建築藝術	張紹載	建築
室內環境設計	李琬琬	建築
現代工藝概論	張長傑	雕刻
藤竹工	張長傑	雕刻
戲劇藝術之發展及其原理	趙如琳譯	戲劇
戲劇編寫法	方寸	戲劇
時代的經驗	汪琪 彭家發	新聞
大衆傳播的挑戰	石永貴	新聞
書法與心理	高尚仁	心理

滄海叢刊已刊行書目(七)

書名	作者	類別
印度文學歷代名著選(上)(下)	糜文開編譯	文學
寒山子研究	陳慧劍	文學
魯迅這個人	劉心皇	文學
孟學的現代意義	王支洪	文學
比較詩學	葉維廉	比較文學
結構主義與中國文學	周英雄	比較文學
主題學研究論文集	陳鵬翔主編	比較文學
中國小說比較研究	侯健	比較文學
現象學與文學批評	鄭樹森編	比較文學
記號詩學	古添洪	比較文學
中美文學因緣	鄭樹森編	比較文學
文學因緣	鄭樹森	比較文學
比較文學理論與實踐	張漢良	比較文學
韓非子析論	謝雲飛	中國文學
陶淵明評論	李辰冬	中國文學
中國文學論叢	錢穆	中國文學
文學新論	李辰冬	中國文學
離騷九歌九章淺釋	繆天華	中國文學
苕華詞與人間詞話述評	王宗樂	中國文學
杜甫作品繫年	李辰冬	中國文學
元曲六大家	應裕康 王忠林	中國文學
詩經研讀指導	裴普賢	中國文學
迦陵談詩二集	葉嘉瑩	中國文學
莊子及其文學	黃錦鋐	中國文學
歐陽修詩本義研究	裴普賢	中國文學
清真詞研究	王支洪	中國文學
宋儒風範	董金裕	中國文學
紅樓夢的文學價值	羅盤	中國文學
四說論叢	羅盤	中國文學
中國文學鑑賞舉隅	黃慶萱 許家鸞	中國文學
牛李黨爭與唐代文學	傅錫壬	中國文學
增訂江皋集	吳俊升	中國文學
浮士德研究	李辰冬譯	西洋文學
蘇忍尼辛選集	劉安雲譯	西洋文學

滄海叢刊已刊行書目(六)

書名	作者	類別
卡薩爾斯之琴	葉石濤	文學
青囊夜燈	許振江	文學
我永遠年輕	唐文標	文學
分析文學	陳啓佑	文學
思想起	陌上塵	文學
心酸記	李喬	文學
離訣	林蒼鬱	文學
孤獨園	林蒼鬱	文學
托塔少年	林文欽編	文學
北美情逅	卜貴美	文學
女兵自傳	謝冰瑩	文學
抗戰日記	謝冰瑩	文學
我在日本	謝冰瑩	文學
給青年朋友的信(上)(下)	謝冰瑩	文學
冰瑩書柬	謝冰瑩	文學
孤寂中的廻響	洛夫	文學
火天使	趙衛民	文學
無塵的鏡子	張默	文學
大漢心聲	張起鈞	文學
回首叫雲飛起	羊令野	文學
康莊有待	向陽	文學
情愛與文學	周伯乃	文學
湍流偶拾	繆天華	文學
文學之旅	蕭傳文	文學
鼓瑟集	幼柏	文學
種子落地	葉海煙	文學
文學邊緣	周玉山	文學
大陸文藝新探	周玉山	文學
累盧聲氣集	姜超嶽	文學
實用文纂	姜超嶽	文學
林下生涯	姜超嶽	文學
材與不材之間	王邦雄	文學
人生小語(一)(二)	何秀煌	文學
兒童文學	葉詠琍	文學

滄海叢刊已刊行書目(五)

書名	作者	類別
中西文學關係研究	王潤華	文學
文開隨筆	糜文開	文學
知識之劍	陳鼎環	文學
野草詞	章瀚章	文學
李韶歌詞集	李韶	文學
石頭的研究	戴天	文學
留不住的航渡	葉維廉	文學
三十年詩	葉維廉	文學
現代散文欣賞	鄭明娳	文學
現代文學評論	亞菁	文學
三十年代作家論	姜穆	文學
當代臺灣作家論	何欣	文學
藍天白雲集	梁容若	文學
見賢集	鄭彥棻	文學
思齊集	鄭彥棻	文學
寫作是藝術	張秀亞	文學
孟武自選文集	薩孟武	文學
小說創作論	羅盤	文學
細讀現代小說	張素貞	文學
往日旋律	幼柏	文學
城市筆記	巴斯	文學
歐羅巴的蘆笛	葉維廉	文學
一個中國的海	葉維廉	文學
山外有山	李英豪	文學
現實的探索	陳銘磻編	文學
金排附	鍾延豪	文學
放鷹	吳錦發	文學
黃巢殺人八百萬	宋澤萊	文學
燈下燈	蕭蕭	文學
陽關千唱	陳煌	文學
種籽	向陽	文學
泥土的香味	彭瑞金	文學
無緣廟	陳艷秋	文學
鄉事	林清玄	文學
余忠雄的春天	鍾鐵民	文學
吳煦斌小說集	吳煦斌	文學

滄海叢刊已刊行書目㈣

書名	作者	類別
歷史圈外	朱桂	歷史
中國人的故事	夏雨人	歷史
老臺灣	陳冠學	歷史
古史地理論叢	錢穆	歷史
秦漢史	錢穆	歷史
秦漢史論稿	刑義田	歷史
我這半生	毛振翔	歷史
三生有幸	吳相湘	傳記
弘一大師傳	陳慧劍	傳記
蘇曼殊大師新傳	劉心皇	傳記
當代佛門人物	陳慧劍	傳記
孤兒心影錄	張國柱	傳記
精忠岳飛傳	李安	傳記
八十憶雙親 師友雜憶 合刊	錢穆	傳記
困勉強狷八十年	陶百川	傳記
中國歷史精神	錢穆	史學
國史新論	錢穆	史學
與西方史家論中國史學	杜維運	史學
清代史學與史家	杜維運	史學
中國文字學	潘重規	語言
中國聲韻學	潘重規 陳紹棠	語言
文學與音律	謝雲飛	語言
還鄉夢的幻滅	賴景瑚	文學
葫蘆・再見	鄭明娳	文學
大地之歌	大地詩社	文學
青春	葉蟬貞	文學
比較文學的墾拓在臺灣	古添洪 陳慧樺 主編	文學
從比較神話到文學	古添洪 陳慧樺	文學
解構批評論集	廖炳惠	文學
牧場的情思	張媛媛	文學
萍踪憶語	賴景瑚	文學
讀書與生活	琦君	文學

滄海叢刊已刊行書目㈢

書名	作者	類別
不疑不懼	王洪鈞	教育
文化與教育	錢穆	教育
教育叢談	上官業佑	教育
印度文化十八篇	糜文開	社會
中華文化十二講	錢穆	社會
清代科舉	劉兆璸	社會
世界局勢與中國文化	錢穆	社會
國家論	薩孟武譯	社會
紅樓夢與中國舊家庭	薩孟武	社會
社會學與中國研究	蔡文輝	社會
我國社會的變遷與發展	朱岑樓主編	社會
開放的多元社會	楊國樞	社會
社會、文化和知識份子	葉啓政	社會
臺灣與美國社會問題	蔡文輝 蕭新煌 主編	社會
日本社會的結構	福武直 著 王世雄 譯	社會
三十年來我國人文及社會科學之回顧與展望		社會
財經文存	王作榮	經濟
財經時論	楊道淮	經濟
中國歷代政治得失	錢穆	政治
周禮的政治思想	周世輔 周文湘	政治
儒家政論衍義	薩孟武	政治
先秦政治思想史	梁啓超原著 賈馥茗標點	政治
當代中國與民主	周陽山	政治
中國現代軍事史	劉馥 著 梅寅生 譯	軍事
憲法論集	林紀東	法律
憲法論叢	鄭彥棻	法律
師友風義	鄭彥棻	歷史
黃帝	錢穆	歷史
歷史與人物	吳相湘	歷史
歷史與文化論叢	錢穆	歷史

滄海叢刊已刊行書目㈡

書名	作者	類別
語言哲學	劉福增	哲學
邏輯與設基法	劉福增	哲學
知識・邏輯・科學哲學	林正弘	哲學
中國管理哲學	曾仕强	哲學
老子的哲學	王邦雄	中國哲學
孔學漫談	余家菊	中國哲學
中庸誠的哲學	吳怡	中國哲學
哲學演講錄	吳怡	中國哲學
墨家的哲學方法	鍾友聯	中國哲學
韓非子的哲學	王邦雄	中國哲學
墨家哲學	蔡仁厚	中國哲學
知識、理性與生命	孫寶琛	中國哲學
逍遙的莊子	吳怡	中國哲學
中國哲學的生命和方法	吳怡	中國哲學
儒家與現代中國	韋政通	中國哲學
希臘哲學趣談	鄔昆如	西洋哲學
中世哲學趣談	鄔昆如	西洋哲學
近代哲學趣談	鄔昆如	西洋哲學
現代哲學趣談	鄔昆如	西洋哲學
現代哲學述評㈠	傅佩榮譯	西洋哲學
懷海德哲學	楊士毅	西洋哲學
思想的貧困	韋政通	思想
不以規矩不能成方圓	劉君燦	思想
佛學研究	周中一	佛學
佛學論著	周中一	佛學
現代佛學原理	鄭金德	佛學
禪話	周中一	佛學
天人之際	李杏邨	佛學
公案禪語	吳怡	佛學
佛教思想新論	楊惠南	佛學
禪學講話	芝峯法師譯	佛學
圓滿生命的實現（布施波羅蜜）	陳柏達	佛學
絕對與圓融	霍韜晦	佛學
佛學研究指南	關世謙譯	佛學
當代學人談佛教	楊惠南編	佛學

滄海叢刊已刊行書目(一)

書名	作者	類別
國父道德言論類輯	陳立夫	國父遺教
中國學術思想史論叢(一)(二)(三)(四)(五)(六)(七)(八)	錢穆	國學
現代中國學術論衡	錢穆	國學
兩漢經學今古文平議	錢穆	國學
朱子學提綱	錢穆	國學
先秦諸子繫年	錢穆	國學
先秦諸子論叢	唐端正	國學
先秦諸子論叢（續篇）	唐端正	國學
儒學傳統與文化創新	黃俊傑	國學
宋代理學三書隨劄	錢穆	國學
莊子纂箋	錢穆	國學
湖上閒思錄	錢穆	哲學
人生十論	錢穆	哲學
晚學盲言	錢穆	哲學
中國百位哲學家	黎建球	哲學
西洋百位哲學家	鄔昆如	哲學
現代存在思想家	項退結	哲學
比較哲學與文化(一)(二)	吳森	哲學
文化哲學講錄(一)(二)(三)(四)	鄔昆如	哲學
哲學淺論	張康譯	哲學
哲學十大問題	鄔昆如	哲學
哲學智慧的尋求	何秀煌	哲學
哲學的智慧與歷史的聰明	何秀煌	哲學
內心悅樂之源泉	吳經熊	哲學
從西方哲學到禪佛教—「哲學與宗教」一集—	傅偉勳	哲學
批判的繼承與創造的發展—「哲學與宗教」二集—	傅偉勳	哲學
愛的哲學	蘇昌美	哲學
是與非	張身華譯	哲學